新八犬伝

承

石山 透

角川文庫
20244

目次

地図作成／オゾングラフィックス

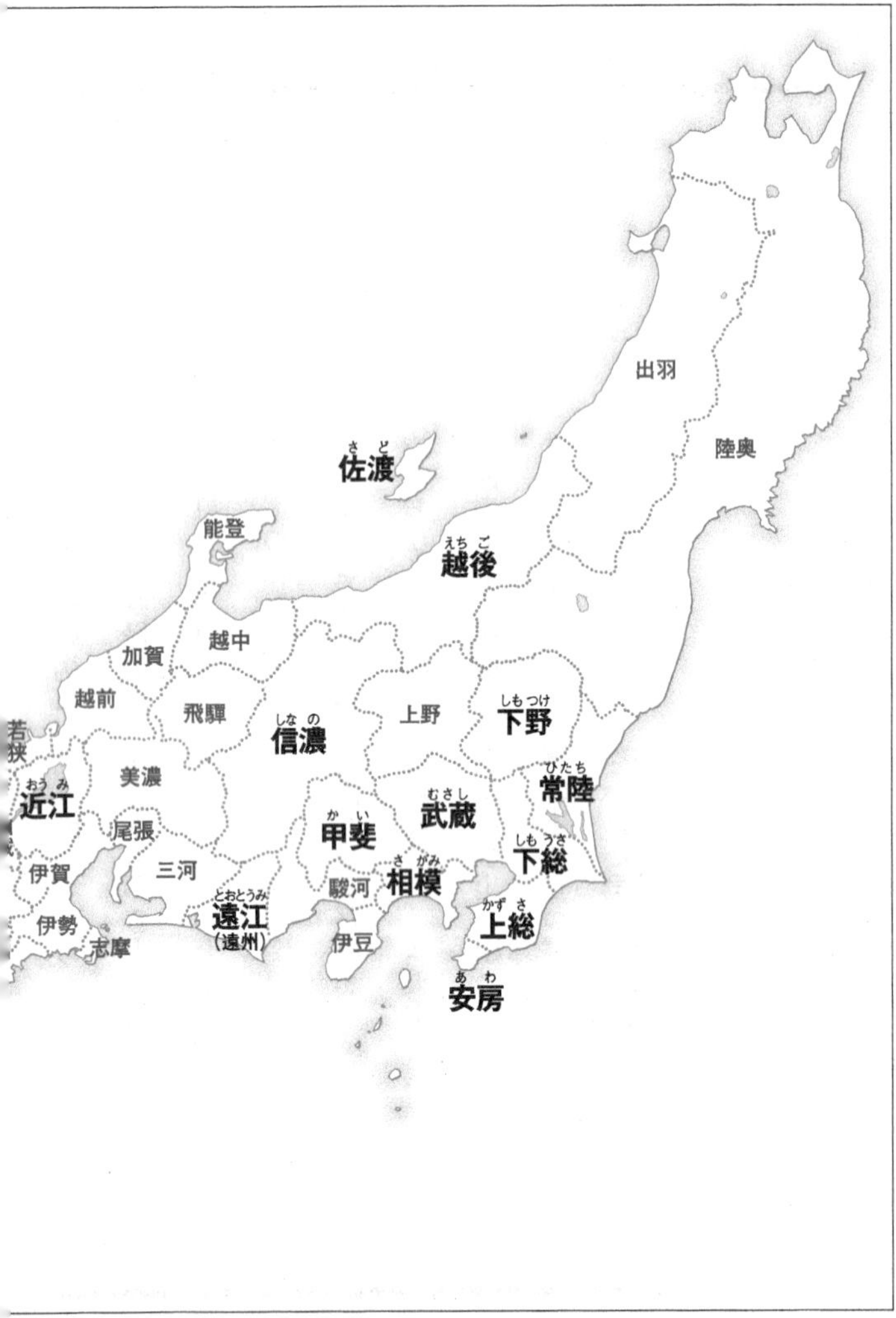
出羽
陸奥
佐渡《さど》
能登
越後《えちご》
越中
加賀
越前
若狭
飛驒
信濃《しなの》
上野
下野《しもつけ》
美濃
近江《おうみ》
常陸《ひたち》
武蔵《むさし》
甲斐《かい》
尾張
下総《しもうさ》
伊賀
三河
相模《さがみ》
駿河
遠江《とおとうみ》
(遠州)
伊勢
志摩
伊豆
上総《かずさ》
安房《あわ》

旧国名地図

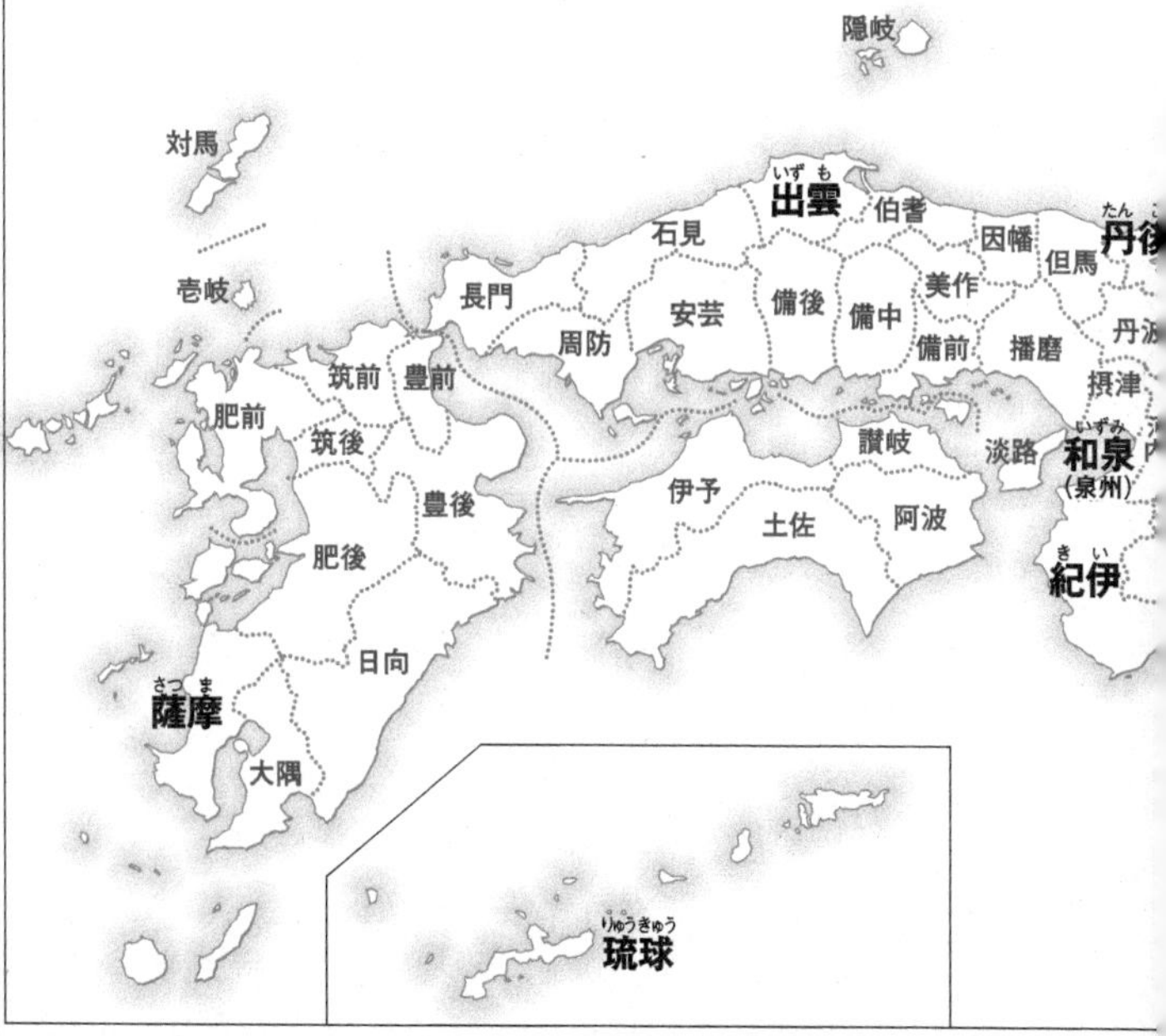

隠岐
対馬
壱岐
出雲《いずも》
伯耆
因幡
但馬
丹後《たん》
石見
長門
安芸
備後
備中
美作
周防
備前
播磨
丹波
摂津
筑前
豊前
肥前
筑後
讃岐
淡路
和泉《いずみ》
(泉州)
伊予
豊後
土佐
阿波
肥後
紀伊《きい》
日向
薩摩《さつま》
大隅
琉球《りゅうきゅう》

一　舞台変わって浅草近く、猪殺して小文吾登場

燃え上がる炎、渦巻く煙の中に、身をおどらせた犬山道節《いぬやまどうせつ》——

「浜路《はまじ》！　浜路はいずこに、浜路はいずこーッ！」

「ここよ、ここよ、早く助けてェ！」

浜路の声がする方をたよりに、さがすがどうしても、姿が見当たらぬ。

「おかしいなあ、たしかに声がするのに……」

それもそのはず、その声は、玉梓《たまずさ》が怨霊《おんりょう》の発する声色だったのだ！

当の浜路は、その時すでに、煙に巻かれて気を失っていた。

一方、犬塚信乃《いぬづかしの》は——

待てど暮らせど、道節が浜路を救い出して来ないので、いたたまれずに、自分も頭から水をあびて炎の中にとび込んだ！

「浜路！　浜路ーッ！」

声をかぎりに呼べば、炎の中に浮かび出たのは、怨霊には非《あら》ずして、不思議な矢印！

その指し示す方を見れば、

「おお、浜路！」

煙に巻かれて、倒れている浜路の姿を見つけた！

だが、熱気はからだをこがさんばかりで、とても近づけない。

ところが、炎の中に再び浮かび出た不思議な矢印――今度は、信乃の方を指し示しているではないか!?

「なんだ、これはどういう意味か……」

一瞬考えた信乃――

「うん、そうだ！」

信乃は、やにわに腰の名刀村雨《むらさめ》を引き抜くと、さやを払って一閃《いっせん》すれば、切先から水滴がほとばしり、さすがの火勢も、一瞬おとろえたから不思議！

一振りしては一歩進み、又振っては進みで、とうとう浜路に近づき抱き起こすことができた。

「浜路、しっかりしろ！」

「信乃さん！」

思い思われる二つの心、今、炎の中に結ばれて、これぞ炎の恋か、灼熱《しゃくねつ》の恋か……なんて、そんなのんびりしたことは言ってられない。

「さあ、浜路、早く外へ！」

丁度、そこへ道節もやって来て、得意の火遁《かとん》の術を使っての、道先案内。

やっとのことで、三人は火から逃れることができた。


急いで夜の道を逃れる三人、夜の明けるころには、静かな波の打ち寄せる海岸へ出た。

「ああ、あそこに小屋がある――ひと休みしよう」

信乃が先頭になり、その小屋に入ろうとして――

「あぁッ⁉」

と、驚きの声。あとに続いた浜路も、思わずそこに立ちすくむ。

「文五兵衛《ぶんごべえ》さん！」

小屋の中から出て来たのは、嵐の中で行方不明になったあの文五兵衛。

だが、驚くのはまだ早い。その文五兵衛のあとから姿を現わしたのは……

「おお、ゝ大法師《ちゅだいほうし》！」

思いがけないめぐり合い！

文五兵衛は、意識不明のまま、浜に打ち上げられているところを、信乃をさがして歩き回っていたゝ大法師に、助けられたのだった。

ここで、信乃から犬山道節の身の上と、忠の字の珠《たま》を持っていることを聞かされたゝ大法師――

「ああ、あなたも八《はち》犬士の中の一人であったか……これで、この世に八人いらっしゃる、伏姫《ふせひめ》さまのお子さまのうち、四人まで見つかったことになる。それにつけても、残る四つの珠、四犬士はいずこに……？」

信乃と道節の思いもまたゝ大法師と同じ。

だが――五人はひとまず安房《あわ》の里見《さとみ》城へ帰ることにした。

さて、舞台はガラリと変わって、

ここは――武蔵《むさし》の国浅草寺《せんそうじ》に近い鳥越山《とりごえやま》のこなたの一筋道。

ころは――秋の夕暮れどき。

新登場の人物は——犬田小文吾《いぬたこぶんご》。子どものころから、相撲を取って負けたことがないというだけあって、見るからにいい体格。
〝新八犬伝〟これからしばらくは、この犬田小文吾にスポットを当てて、ストーリー進行！

その犬田小文吾、今しも、ひとりで一筋道を足早に歩いて行く——

「暗くならないうちに、人里に出て宿をとらなくては……今夜泊れば、明日はなつかしい行徳《ぎょうとく》へ帰れるだろう」

と、その時——森かげから突然とび出して来たけもの一ぴき、

「な、なんだ、あれは!?」

見れば、大きな猪だ！　手負いでもあるのか、なんとものすごい勢いで、小文吾目がけて猪突猛進《ちょとつもうしん》！　小文吾、もろにはね飛ばされたか、と思いきや、

「トァーッ！」

かけ声もろとも、ひらりと猪の背にまたがり、左手で短い猪首《いくび》を抱え込むや、右のこぶしを固めて、猪の眉間《みけん》を続け様に、一発、二発となぐりつけた！

猪、たちまち血へどを吐いてご昇天。

その馬鹿力……いや、小文吾の力の強いこと、強いこと！　しかも汗もかかなきゃ、息の一つも乱れない。

「ああ、つまらぬことで手間どった」

急ぎ足の小文吾、そのまましばらく行くと、今度は道のまん中に倒れている男の姿。

「よく、いろいろなものに出会う日だ……」

男は、血に染った槍《やり》をにぎり、どうやらこの近くの漁師らしい。小文吾が、男の口に気付け薬をふくませると、ようやく気がついた様子で――

「あの猪は……？」

「ああ、あれなら叩《たた》き殺してやったよ」

「ウヘーッ、驚いた！　あの猪は、このあたりの田や畑を荒して、仕様のない乱暴もの。今日こそ退治しようと思ったが、逆にキバにひっかけられて、このありさま……だが、殺してくれたとはありがたい。お礼のしるしに今夜ひと晩、わしの家に泊っておくんなさい」

小文吾は、丁度これから宿をさがすところだったから、渡りに舟とはこのこと――

「では、お世話になります」

「わしは、この猪を始末してくるから、お前さんひと足先に行っておくんなさい。この先の阿佐谷《あさや》村のはずれに、大きな榎《えのき》があってそのかたわらの小さな家がわしの家。さあ、お先にどうぞ……」

親切そうなこの男の言葉に従って、小文吾、道をたどれば、たしかに一軒のわびしい家。

小文吾が、戸を叩くと——

出て来たのは、さっきの男の女房舟虫《ふなむし》。

その顔を見た小文吾、なぜか背筋がゾーッとした。年のころなら三十六、七。別にみにくい顔でもないのだが、なぜか気味の悪い女。

小文吾の第一印象は、まさにぴったりで、この舟虫という女——この〝新八犬伝〟登場人物の中でも、Aクラスの悪女なのだ！

そんなこととは知らぬホトケの小文吾は、

「実は、これこれ、しかじか……」

と、わけを話すと、

「それはまあまあ、うちの人の命を助けていただいて……」

舟虫も、なかなか愛想がいい。

ところが、食事もごちそうになり、いざ寝る段になって、小文吾――

部屋の一方の壁が、どういうわけか大きくポッカリと穴が開いていて、それを雨戸かなにか立てかけて、ふさいであることに気づいた。

「あれは、なんだろう……？」

だが、若くて健康的な小文吾、昼間の疲れも手伝って、すぐにぐっすり高いびき。

なぜか気になる壁の穴――

果して、鬼が出るか、蛇が出るか⁉

二

笛を使ったひと芝居、策に溺れた悪女舟虫

奈良の当麻《たいま》の里に、昔々、垂仁《すいにん》天皇の時代に、蹴速《けはや》という大男が住んでおりました。この当麻の蹴速は、大変な力持ちだが、それを鼻にかけて乱暴狼藉《ろうぜき》、極道の限りをつくす。その噂を聞いて心配された天皇は、はるばる出雲《いずも》の国から、これも力自慢の野見宿禰《のみのすくね》という男を呼び、蹴速と力くらべをさせることになりました。

結果は、野見宿彌の勝ち。きまり手は、〝蹴殺《けころ》し〟というからすごい。

実は、これがわが日本の国技相撲のはじまりであります。

相撲好きの犬田小文吾、もちろんこれくらいのことは知っていた、かな？

その夜もふけて、丑満時《うしみつどき》——

なんとなく胸さわぎがして、小文吾が目をさますとあたりは真の闇だが、ポッカリ

とあいた壁の穴のところだけが、ぼんやり明るい。

しかも、そこにあやしい人影！

「うぬ、盗賊か……？」

と、小文吾は、ふとんをこんもり持ちあげたまま、スルリと抜け出し、枕もとの脇差を手に取ると、反対側の壁に身を寄せた。

あやしい人影は、それとは知らず、二度、三度とためらった末に、やがてスーッとふとんに近づくや、抜き放った刀を、盛り上がったふとんに目がけて、グサリ！

小文吾は、その刀の光りをたよりに、

「えーい、くせ者っ！」

と、脇差を突き出した！

「ギャァーッ！」

――断末魔の悲鳴！

「おかみさん、おかみさん、盗賊を討ち取りました――来てください！」

小文吾の叫ぶ声に、舟虫は行灯《あんどん》を持って現われたが、その明かりで見たくせ者の顔は――

意外や、意外！　それは小文吾が助けた男、つまり舟虫の亭主だった！

「おおッ、これは⁉」

意外ななりゆきに、ただぼう然とする小文吾。

さらに意外なことは、亭主を殺された舟虫が、なぜか落ち着いていること——

「旅のお方、わが夫とは言え、命の恩人のあなたを殺して、金を奪おうとするなんて……悪いのはこの人です。あなたは早くここから逃げてください！」

「でも、死んだご亭主をどうなさる？」

「それはなんとか、病気で急死したことにでもして……」

そう言うと、舟虫は、奥から金ランの袋に入ったものを持って来て、

「これは、わが家に先祖代々伝わる笛です。死んだとはいえ、一度は主人の命を救ってくださった、あなたへのお礼として差し上げます。どうぞ、お受けになって」

その落ち着いたもの腰、態度にすっかり心を打たれた小文吾。

舟虫は、さらに言葉を続け——

「私はこれから、お寺に行ってお坊さんに話して来ますので、私が帰るまでは、このホトケのそばにいてやってくださいまし……」

そう言うや、舟虫はそそくさと、外の暗闇へと姿を消した。

ひとり残った犬田小文吾——

落ち着いて考えると、どうも合点のいかぬことばかり。

夫を殺したこの自分に逃げろだとか……

先祖伝来の笛を受け取れだとか……

考えれば考えるほどおかしな話。小文吾はふと考えて、袋に入った笛を取り出すと戸棚にかくし、代りに棒きれを袋に入れて、荷物の中にしまった。


やがて、夜が明け染めるころ、舟虫が帰って来た。

小文吾は、手ばやく身仕度をととのえると、いくばくかのお金を差し出し、

「手をくだした私から、手向けのお金をあげるのもおかしいが……ご亭主の霊前に」

と言うと、舟虫の家をあとにした。

白々明けの朝の道――

急ぎ足の小文吾が歩いて行くと、突然、道端の草むらから飛び出した捕り方連中！

全くの不意をつかれ、さすが力自慢の小文吾も、あっという間に高手小手にしばり上げられてしまった。

「なにをしやァがるんだッ！」

わめき散らす小文吾の前に現われたのは、下総《しもうさ》は石浜《いしはま》城の城主千葉《ちば》家に仕える眼代《がんだい》

畑上語路五郎《はたがみごろごろう》——眼代とは、今の警察署長といったところ、

「そのほう、昔、千葉家で紛失した、あらし山と名づける笛をかくし持っているであろう！　先程、舟虫から訴えがあったぞ！」

「ハハーン、そうであったのか……」

小文吾は思わず心の中でつぶやいた。

眼代は、

「おまけに、そのほう舟虫の夫まで切り殺したそうだな、まさに凶悪犯——さあ、千葉家から笛を盗んだ時の様子を、逐一白状しろ！」

「たしかに舟虫の亭主は切り殺したが、それは正当防衛だ——笛の話は、全くのヌレ衣《ぎぬ》さ」

その時、しゃしゃり出て来た舟虫——

「お役人さま、動かぬ証拠がございます。その者の荷物をお調べくださいまし」

と、ニンマリ笑う。

捕り方が、小文吾の荷物を調べると、出てきたのは、笛には非ず、ただの棒きれ。

「あれッ、こんなはずではなかったに……」

——舟虫の顔色が変わった。

「さあどうだ！　まだ疑うならこれから、この舟虫の家へ行って、なにもかも話してやろうじゃないか」

と言う小文吾の言葉に従い、現場検証ということになった。


さて、ここはその舟虫の家――

小文吾は、ことこまかに、この家で夜なかに起こった事件を、役人に説明する。

舟虫の立ち場は、次第にまずいことになってきた。そして――

「お役人、そのあらし山とかいう笛は、ここにある……」

と、小文吾が言おうとした時、

「夫のかたきーッ！」

――舟虫は、かくし持ったる出刃包丁を構えて、小文吾に突きかかった！

小文吾、ひょいと身をかわして、ポンと舟虫の腰のあたりをけとばした。

「フギャーッ！」

舟虫は、アブラ虫のように四つんばい。

「お役人、笛はその戸棚の中に！」

小文吾の示す戸棚をあけて見れば、そこにたしかにあった、名笛あらし山！

眼代畑上語路五郎は、

「その舟虫という女を、キリキリしばり上げい！」

地獄極楽入れ代り、舟虫はナワをかけられ、小文吾は自由の身となった。


さて——

ここに又、新しく登場する人物は、石浜の城主千葉家の家老馬加大記《まくわりだいき》。

これが又、とんでもない悪党なのだが、それはともかく……

この家老の命令で、犬田小文吾を連れて、眼代の畑上語路五郎は、石浜城へやって来た。

「しばらく、この部屋でおひかえを……」

と、小文吾を残して、眼代は家老のところへ——

「ご家老さま、お言いつけ通り、家宝の笛発見に手柄のありました犬田小文吾殿を、城に連れて参りました。不届きな女舟虫は、しばりあげて村長《むらおさ》のもとに……」

村長とは、今で言う村長のこと。

家老の馬加大記——

ご苦労であった、と眼代にねぎらいの言葉でもかけると思いのほか、

「このたわけ者めが！　反対だッ、わしは舟虫を城に連れて来て、小文吾を村長にあずけろと言ったのだ！」

「ええッ!?」

と、おどろくゴロゴロー！

家老はさらに、

「おまけに、せっかく見つけた笛を、わしに見せず、直接殿様に届けるとは、不届きな奴！」

そう言うと、馬加大記、天井から下がっているくさりを、エイッと引く。

——と、語路五郎の坐《すわ》っていたところが、ストンチョと落ちて、その姿は地下牢《ちかろう》へ！

まあ、なんと無理無体な家老の馬加大記、次第にその本性を表わしてきた。そして、正直一途な語路五郎、その地下牢で、切腹し果てたのだから、まことに哀れ。

ところが、そのころ——

別の座敷で待たされていた犬田小文吾も、とんだ目に会っていたのである！　それは……

三

同じ穴のむじな二匹、ねらいも同じ金と欲

眼代の畑上語路五郎に、城へ連れて来られ、

「しばらく、この部屋でおひかえを……」

と言われた犬田小文吾――

待てど暮らせど、そのまま音沙汰《おとさた》なし。

立ち上がって、ふすまを開けようとしたが、ビクとも動かず、よく見れば、窓には鉄格子。

ああ、いつのまにやらその部屋は、座敷牢《ざしきろう》に変じていたのだ！

もうこうなってはと、度胸をきめた小文吾、

「ああ、腹がへったなあ、飯ぐらい食わせろ……」

と思っているところへ、窓からお膳《ぜん》が差し入れられた。

小文吾が、やれありがたやと、さっそく手をつけようとした、その時――

明かりとりの窓から音もなく、流れ込んできた桃色の雲……その雲が、座敷の中にたれこめて、一点に集まったかとみると、不思議や、それは一ぴきの子犬の姿に！　しかも、その犬は、アッと言う間に、お膳の上のごちそうを、ペロペロと食べてしまった。

「おいおい、冗談じゃないよ……こらッ！」

と、小文吾がこぶしを上げて、なぐりかからんとした時、その犬は血へどを吐いてバッタリ。

「ということは……このごちそうには毒が……犬がわしの身代りになってくれたわけか。ああ、恐ろしいことだ」

小文吾は、思わず子犬の死体を抱きあげようとした時——

その子犬のからだは、もやもやと桃色の雲に変じたかと思うと、音もなく窓から外へと流れ出た。

「ややや ァ……」

この不思議なことのなりゆきに、しばしぼう然としていた小文吾。

窓に近寄って、外をのぞけば、桃色の雲のゆく手に浮かび出たのは、犬にのった女の人の姿！

「なんだあれは……犬にのった女の人は?」

小文吾は、まだ何も知らないが、読者のみなさんは、もう承知のはず。

これぞ、八房《やつふさ》にまたがった伏姫《ふせひめ》の姿だった。


一方、こちらは――

家老の馬加大記。だれやらとヒソヒソ話のまっ最中。

その相手はと見れば……

おお、なんと! あの舟虫ではないか!

ふたりは、最初からぐる、同じ穴のムジナだったのだ!

「あの小文吾という男、見るからにいい体格をしているし、毒を食っても、ヘッチャラ……わしの念願をはたすために、ぜひ手下にしたいものだ」

「うまく、仲間に引き入れられるかしら……」

なにをたくらむか馬加大記と舟虫のふたり。

さて――
石浜城の一室に、ずっと閉じ込められっ放しの犬田小文吾。

そこへ、珍しくも現われたのは、家老の馬加大記――

「やあ、やあ、犬田小文吾殿、こんなところでながいあいだ窮屈な思いをさせて、失礼！」

こんな失礼なことはない。

「わしが当家の家老でござる。城主の千葉之介自胤《ちばのすけよりたね》というお方は、たいそう用心深いお方……そこで、しばらくは貴殿の様子をさぐるために、こんな失礼なことをした次第」

と、口からの出まかせ。

家老の案内で、小文吾は座敷牢を出て、立派な部屋へ――そして、山海の珍味のごちそう。

「ところで、小文吾殿、折り入っての相談だが、当家へ仕官をする気はござらぬか？」

と、家老はいよいよ本題に入る。

「いや、ご家老さま、あっしは犬田小文吾と、お侍みたいな名を名乗っておりますが、それはわけあってのこと。お侍とは身分の違う町人でございます」

「それを承知の上でだ。お前にとっては、夢のような話だと思うが……」

家老もしつこい。

「でも、そういうことは、下総《しもうさ》の行徳にいる父にも相談しなくては……」

「そのほうの父とは？」

「はい、行徳ではたご屋をやっております」

「そうか、とにかく、もうひと晩待ってやるから、明日までに返事をせい！」

家老の馬加大記、しまいにはまことに押しつけがましい態度になった。

小文吾は、

「ああ、なんてこったい、早く行徳に帰りたいのに……それにしても、あの家老は気にくわぬ奴、用心しなくては……」

と、考えているところへ、うしろから、

「あのう……もし……」

と呼びかけたのは、さっき食事の世話をしていた腰元の楓《かえで》――

「先程、聞くともなしに聞いておりましたら、あなたは行徳へ行くとやら……」

「うむ、それがどうした？」

「まあ、なつかしや、私、生まれも育ちも葛飾《かっしか》行徳です」

「あっしにとっても、故郷《ふるさと》さ。古那屋《こなや》というはたごが、あっしの家だよ」

「ええ、知っています。たしかあの大火の火元だったという……」

「ええっ、大火だって⁉」

聞いて、小文吾びっくり。

「ええ、行徳の大火で、古那屋はもちろん、町全体が灰になりました」

楓は、火事の様子をくわしく話して聞かせた――

「あの火事で、私の母は焼け死んだのです。火元の古那屋の主人も行方不明、きっと焼死したのだろうといううわさ……」

小文吾にとっては、なにもかも驚くことばかり。

それにしても、犬田小文吾が、あの文五兵衛の息子だったとは！

町のならず者をこらしめたが、力余って相手を殺してしまった為に、父の文五兵衛から勘当を受けていたのだった。

小文吾は、

「早く行徳へ帰ろうと思っていたが、家は焼け、おまけに父も死んだとあっては、帰っても仕方ない。いっそのこと、ここで仕官をして、侍になろうか……」

などと考えながら、城の庭をぶらぶら歩いていると、どこからか読経の声。

見れば、秋草の茂った庭の奥に、いくつも並ぶ土まんじゅう。その前で、手を合わす老人の姿があった。

「ナンマンダブ、ナンマンダブ……」

「おいおい、爺《じい》さん」

小文吾が声をかけると、

「わしのことでごぜえますか……わしの名は品七《しなしち》と申しやす」

「品七さん、そのたくさんの土まんじゅうは……？」

聞かれて、品七は首を横に振りながら、

「あんたも、土まんじゅうになりたくなかったら、よけいなことは詮《せん》さくなさらんほうが……」

だが、小文吾がなだめすかして、その品七爺さんから聞き出したところによると——

——この土まんじゅうは、お城の中で、なぜか不意の事故があって、命を落とした人たちの墓だが、城主の座をねらう家老の馬加大記が、邪魔になる人々を、次々と殺しているらしいと言う。

「こりゃァ、ただ事じゃない！　なにやら得体の知れないものが、この城の中にドロドロと渦を巻いているぞ！」

どうやら小文吾、この城にとどまる気になったらしい。

田で楽しむと書いて〝田楽〟。

平安時代のころから行なわれていた舞踊の一種ですが、昔、お百姓さんたちが、田植えのあとで、豊作を祈って、田んぼで歌ったり、踊ったりして楽しんだのが、この田楽の始まりとか。

そのうち、それ専門のプロが現われ、歌や踊りだけじゃつまらないので、手品や曲芸、人形芝居なども加えて一座を組み、旅から旅を続けるようになりました。

ちなみに、あの串《くし》ざしの〝おでん〟の名は、この田楽からついたものと言われています。

閑話休題。

四　小文吾虎穴にはいり、家老の秘密をにぎる

さて、城の庭先から舞台は変わって――

ここは、城の大広間にしつらえられた、本物の舞台。

家老馬加大記に招かれた、女田楽一座の芸がこれから始まるところ。

「犬田殿、今夜はまあゆっくりと、見物さっしゃい」

と、家老はなぜか上機嫌。

舞台正面の幕が上がると、いきなりこの一座の看板娘、大スター、人気ナンバー・ワンの旦開野《あさけの》の登場である。それというのも、この旦開野が、はなから出ずっぱりじゃないと、家老の機嫌が悪いから。

湧き出る楽の音にのって、まばゆいばかりに美しい旦開野の舞い姿――

「待ってましたッ、大統領ッ！」

「旦開野チャーン！」

「カワユイーッ！」

という声こそ掛からないが、家老や小文吾をはじめ見物衆は、その美しさにただただ陶然たるありさま。

舞いの袖《そで》は見る目もあやしくひるがえり、かざす扇は蝶《ちょう》のごとく……桃の花のかんざしに、灯《ともしび》の火がキラリと光った。

「うむ、実にすばらしい、トレビアン！　この女田楽の一座を、明日も呼ぼう、あさってでも……いや、永久に」

家老は、大変なほれ込みよう。

女田楽一座の芸が終ると、家老馬加大記は小文吾を連れて、城の庭にある対牛楼《たいぎゅうろう》という建物に入った。

「ここは、わしの住まいだ。さあさ、くつろぐがいい、小文吾殿」

言われて小文吾、腰に差した脇差を、はずそうとした時——

ポトリと落ちたのは、白銀《しろがね》で作った桃の花のかんざし。

家老は、目ざとくそれを見つけて、

「おお、それは旦開野が舞う時に、髪にさしていたかんざしではないか。それがどうして……」

「刀の緒にはさまっていたようです。きっと旦開野が舞いながら、あっしに近づいた時に落ちて、そのままひっかかっていたのでしょう」

「小文吾殿、お前もすみには置けぬのう、フフ……」

いやらしい目付きでニヤニヤ笑う馬加大記。

ポッと頬《ほほ》を染める犬田小文吾……

「ところで、ご家老さま、あっしの仕官のことですが……」

「うん、決心したか？」

「はい、行徳へ帰るつもりでしたが、聞けば大火で家も焼け、お父ッつぁんも死んだとか——もう行くあてもなし、ご家老さまのお言葉に甘えて、このお城に仕官しようと思います」

「うむ、よくぞ決心してくれた！」

だが——

馬加大記、その心のうちでは、

……力の強い男は、根は単純なもの。これからは、大いに利用してやろう。

一方、犬田小文吾も、その心のうちでは、

……虎穴《こけつ》に入らずんば虎児《こじ》を得ず、仕官するのも、この城に渦巻く謎を解きたいからさ。

互いに明かさぬ胸のうち、そ知らぬ顔に思惑秘めて、向かい合う犬田小文吾と馬加大記。

折から、輝き渡る満月の、青い光が窓からさし込めば、畳の上の桃の花かんざしがキラリと光った。

「そうだ、このかんざし、腰元に頼んで、旦開野に返さなくては……」

と言いながら、かんざしを取り上げる小文吾。

この花かんざしが、やがて小文吾の危機一髪を救うことになるのだが……


さて——

仕官を決意した小文吾は、

「さっそくですが、仕官するときまったからには、ご主君さまにぜひお目どおりを……」

と、家老馬加大記に申し出ると、

「その必要はないのだ！」

——ここで、家老、ズイとひざを進め、

「お前は、このわしに仕官するのだ。それに、この城の城主は、間もなく代わる……」

「それでは、代わって城主になられるお方は？」

「さあ、自胤さまにはお世継はいないので、だれがなるやら……」

なにか胸にいちもつありげな馬加大記。

「……ふむ、どうやら読めてきたぞ……」

と、小文吾考え込む。

「小文吾、あれを見よ」

馬加大記が指《さ》さすほうを見れば、隅田川《すみだがわ》を月の光を頼りに、上り下りする舟の影。

「水は家来だ、たくさんの家来の上に浮かんでいる舟は主君、殿様だ。水は舟を浮かべることもできれば、舟をくつがえすこともできる……わかるかな」

——馬加大記の謎めいたこの言葉。

「では、ここのお城の人は、城主千葉之介自胤さまを、おとし入れようと……」

「小文吾、だれもそんな話はせぬ。わしはただ舟の話をしたまでよ」

小文吾は、この時——

さし込む月の光を受けた馬加大記の顔に浮かぶ、異様な影を見て、思わず背筋が寒くなった。

小文吾は、馬加大記にキッパリと言った——

「ご家老さま、天に二つの太陽がないように、この城にも主君はただ一人のはず。あっしがお仕えするのは、千葉之介自胤さまのほかにはありません。どうしてもあなたの家来になれとおっしゃるなら、この話なかったことにしていただきます」

こうまで言われれば、馬加大記、返す言葉もない。

「よしわかった、今夜はもうおそいから、明日殿様に会わしてやろう……」

「おねがいします」

部屋から引きさがる小文吾、それをジッと見送る馬加大記。

と——小文吾と入れ代わるように、部屋の隅の暗闇から姿を現わしたのは……

なんと、悪女の舟虫！

「フフ……どうやらご家老さまの思い通りには、いかないようですねぇ」

「うむ、意外に手ごわいよな……」

「私ゃ、どうも最初から、あの男は虫が好かないのさ……生かしておいちゃ、ろくなことにならないと思いますがねぇ」

「うーむ、ひとつ早いとこ殺《や》るか……」

こちらは犬田小文吾——

対牛楼から座敷へ帰る途中の廊下で、筧《かけい》から水を引いたちょうず鉢に浮かぶ、一枚の木の葉が目にとまった。

「おや、なにやら字が書いてある……」

月の光にかざして見ると、それは三十《みそ》一文字《ひともじ》。

わけ入りて
　しおりたえたるふもとじに
　流れも出《い》でよ谷川の桃

桃の一字を見て、小文吾は桃の花かんざしを思い出し、それが旦開野の筆になるものと察しがついた。

思わず、うっとりと目を閉じて、旦開野の花のかんばせを、まぶたに浮かべる小文吾。

その時――

小文吾の背後に、しのび寄る黒装束の男。その手には、月の光を受けてキラリ輝くわざ物ひとふり……

ああ、危うし小文吾!!

五　娘姿は世をしのぶ姿、旦開野は男でござる

小文吾の背後からしのび寄る黒装束の男。

さすがに小文吾、気配を感じて振り返る——

黒装束の男が、手にした刀を振りおろす——

それが全くの同時であった。

「ギャーッ！」

虚空をつかんで、のけぞり倒れたのは——

犬田小文吾にあらず、黒装束の男！

その男ののど元に、グサリ突き刺さっているのは、意外や意外、つい先程、腰元に頼んで旦開野に返したはずの、あの桃の花かんざしだった！

「ああ、このかんざしが、あっしの命を救ってくれた。しかし、どこから飛んできたのだろう……？」

と、小文吾あたりを見回せば、庭のそで垣のあたりに、なにやら人影！

小文吾は、はだしのまま走り寄ってみれば、垣の向こうに、月の光を受けて立つ人は——

「おお、あなたは旦開野！」

頬かぶりした手拭《てぬぐ》いの、端をくわえた旦開野が、ニッコリとほほえむ。

「どうやら、あなたはあっしの命の恩人。それにしても、あの黒装束の男は、なぜあっしを……」

「家老の馬加大記に頼まれたから……」

意外な旦開野の言葉に、驚く小文吾——

「馬加大記が、どうしてあっしを殺そうとするんだ!?」

「さあ……」

旦開野の視線は、小文吾からそれて庭の奥へ……そこにずらりならんだ土まんじゅう。

「そうか、だんだん家老の本心がわかってくるぞ」

腕を組んで考えこむ犬田小文吾——

ふと顔をあげると、旦開野の姿は煙の如くかき消えていた。

小文吾は、もとの廊下に戻ると、

「ここに置いといては目ざわりだ」

とばかりに、黒装束の男の死体を、池の中に投げ込んだ。


話変わって、ここは再び城の中の対牛楼――

向かい合うふたりは、馬加大記と舟虫。

「小文吾を殺しにやった占部季六《うらべのすえろく》の行方が知れぬ……」

「で、小文吾は？」

「無事なのだ」

舟虫は、舌うちをして――

「じゃ、早く捕まえたら……季六は、きっと小文吾に殺されたんでしょう。小文吾は殺人犯じゃありませんか！」

「だが、証拠がない」

その時――家来が、かけ込んで来て、

「ご家老さま、占部季六殿の死体が、池で見つかりました！」

「なに、そうか！」

家来は、家老になにやら耳うちをしている。

「ふむ、ふむ、かんざしによる傷が季六の首にとな……」

しばらく考え込んでいた馬加大記。やおら家来に命じた――

「今夜も、女田楽の一座を城に呼べ！　城の中に入れたら一人も外に出すな。厳重に監視をするんだ。特に旦開野には気をつけろ！」

敵もさるものひっかくもの、占部季六の殺害に、旦開野がからんでいるとにらんだあたりは、馬加大記もやはりしたたか者。さーすがァ！


さて、こちらは犬田小文吾――

「自分の命がねらわれていることを知ったからには、グズグズしていられない。なんとかこの城から、逃げ出さなくては……」

と考えているところへ、人目を忍んで入って来たのは、女田楽の座がしら――

「このお城の中で、頼りになるのは、お前さまだけだと、旦開野が申しますので、こうして……」

「旦開野はどうしたんです？」

「私たち一座の者は、対牛楼の一室に閉じ込められております」

「どうしてそんなことに……?」

「ゆうべ殺された占部季六というひとの首に残った、花かんざしの傷跡から、旦開野に疑いが……」

「ふーむ」

「ゆっくり話しをしているひまはありません。旦開野は、今夜月の出に対牛楼まで来てほしいと……」

そう言うと、座がしらはあたりを気にしながら、部屋から出て行った。


そのころ、対牛楼の一室では……

旦開野が、馬加大記にきびしく問いつめられていた。

「旦開野、いつまでも強情をはらずに、白状したらどうだ！　占部季六を殺したのが、お前だということはわかっているのだ。ただ、なぜ殺したのか、そのわけが聞きたい。美しい娘のお前を痛い目にあわしたくないが……どうしても言わぬなら……」

「馬加さま、間もなく月がのぼります。月がのぼったら、なにもかもお話しします……」

「月が出たら……?」

「その前に一つだけお願いが……心を落ちつけるために、笛を吹かしてくださいませ」

「うむ、よかろう」

旦開野は、さっそく笛の入ってるらしい箱を持って来て、ふたを取れば、箱の中は笛に非ず、大小二本の刀！

「な、なんだ、刀をなんとする！」

と、驚く馬加大記の前に、すっくと立った旦開野、上に羽織った美しい小袖をさらりと脱げば、なんと！　その下は男の衣装！

「馬加大記、よッく聞け！　憎っくき仇《かたき》に近づくため、娘に化けていたけれども、旦開野とは世を忍ぶ仮りの名前……われこそは、憎っくきお前のために無理矢理切腹させられた粟飯原胤度《あいばらたねのり》が一子、犬阪毛野《いぬさかけの》なり」

「うぬ、粟飯原の一族は、みな殺しにしたはずだったが……」

「お前の悪だくみに、身の危険を感じたわが父は、早くから私を相模《さがみ》の国の犬阪という里にあずけておいたのだ。父の仇、思い知れッ！」

「ものども、出あえ、出あえ、くせ者だーッ！」

馬加大記の声に、家来たちがドヤドヤとかけつけて来た。

しかし、犬阪毛野、ひるむどころか、群がる家来をめがけて刀を振う。その腕前の見事なこと！　まるで、娘姿で舞いを舞うよう。

形勢不利とにらんだか馬加大記、一目散に逃げようと、階段をおりかけようとした時、目の前に両手をひろげて仁王立ちになった男。

これぞだれあろう犬田小文吾！

「かたじけなや小文吾殿！　犬阪毛野、心から礼を言う」

言われて、小文吾びっくり。あの美しい娘の旦開野が、いつの間にか、りりしい若者の姿。

「こ、これは……!?」

犬阪毛野は、いよいよ馬加大記を追いつめると――

「馬加大記、よく聞け！　わが父は、千葉家家宝の笛あらし山紛失の責任を負わされて、つめ腹切らされたが、笛を盗んだ犯人はわかっている、馬加大記、お前だ！」

これを聞いて、小文吾又々びっくり。

「卑劣な男、親の仇、覚悟しろッ！」

犬阪毛野の刀一閃！

馬加大記の首は、見事にふっとんだ！

白い布に包んだ馬加大記の首を中にはさんで、向かい合う犬田小文吾と犬阪毛野——

——

「なにはともあれ、本懐を遂げて、毛野殿おめでとう……」

「いや、小文吾殿、それもあなたのおかげ……」

「これからどうなさる？」

「仇とはいえ、家老を殺せば、大ごとになるにきまっている。本懐を遂げたからには、私もここでいさぎよく死ぬ覚悟……」

「それでは、月ののぼるころ、ここに来て欲しいと言ったのは？」

「私の最期を見とどけてもらうつもりだったのだ」

「そんな、ばかな話あるものか！　せっかく仇《あだ》を討ったのに、死ぬなんて！　侍の気持ちはよくわからないが、とにかく、二人力を合わして、ここから逃げよう、なあ毛野さん」

「うーむ」

「あっしは犬田で、あんたは犬阪、これもなんかの縁かもしれない」

大きなからだの小文吾と、きゃしゃなからだの毛野、手を取り合ってニッコリ。

この時——

「大変だあーご家老さまが殺されたようーッ！」

と、いう舟虫の叫び声。

「さあ、早く逃げよう」

小文吾と毛野は対牛楼からぬけ出し、城の庭を奥へ、奥へと進んで行けば、その庭のはずれは石垣。その向こうは深い堀だった。

「さあ、困った、どうしよう!?」

小文吾、堀を前にして大弱り。

あたかもその時——城中では異変を知らせる鐘の音。

さあ、追いつめられた小文吾と毛野の運命やいかに!?

六　あぶない命の綱渡り、小文吾悌の珠を拾う

城の深い堀を前にして、まさに進退きわまった感じの犬田小文吾と犬阪毛野だが……

ところが、毛野は少しもあわてた風を見せず、ふところから、先っぽにカギのついた、長い綱を取り出した。

「毛野さん、その綱をどうするんだい？」

「細工は流々仕上げをご覧《ろう》……」

と言うや、毛野は左手に綱を持ち、右手に持った綱の先のカギを、クルクルと回してワインド・アップ、勢いをつけてひょうと投げれば、カギは宙を飛び、向かい側の柳の幹にクルクルッとからみつく。

「よし、うまくいったぞ！」

今度は、長い綱のもう一方の端を、こなたの松の幹にしっかり結びつければ、堀の

上にかけ渡された綱一本——

「さらば、これより綱渡り……」

「おいおい、毛野さん、冗談じゃない、とてもあっしには渡れないよ！」

さもあろうと毛野、背中を向けて腰をかがめ、

「さあ、私の背中におんぶを……」

「そんな！　曲芸みたいなことが……」

「小文吾さん、私が女田楽の一座にいたことを、忘れちゃいけない、さあ早く！」

からだの大きい小文吾を背に、毛野は足さばきもしずしずと、さすが見事な綱渡り！

渡り終えると、毛野は刀で綱を切り落とした。

手間どっているうちに、夜も白々と明け始めた。

一刻も早く城を離れようとするふたりの前には隅田川。しかも天の助けか、川面《かわも》には一そうの舟。

「タハーッ！」

身軽な毛野、すぐさま舟にとびのったが、その勢いで舟は、岸辺を離れどんどん流

されて行く……

あわてたのは、岸に取り残された小文吾、

「おーい、待ってくれーッ！」

毛野も、なんとか舟をもどそうとするが、綱渡りは得意でも、舟漕《こ》ぎはにが手。あれよあれよという間に、朝もやのかなたへ流されて行ってしまった。

奇《く》しきえにしで結ばれたふたりも、またたく間に、はなればなれになろうとは!?

一方、川原にひとり残された犬田小文吾。

うしろから、追っ手の侍たちの声が近づいて来る。又々、進退きわまって――

「ええいッ、辛抱もこれまでだ！」

と、ザブンとばかりに、川へとび込んだ。

行徳の漁師町で育った小文吾、泳ぎには自信があるものの、水は冷たく、流れも急で、溺《おぼ》れかけているところへ、川上から大きな船が近づいて来た。

「ありがたい、天の助け！」

小文吾は、最後の力をふりしぼって、船端にしがみつく。

「おやッ、古那屋の若旦那《わかだんな》じゃござんせんか!?」

――船の上から、思いがけぬ声。

「あっしを古那屋の息子と知っている、あんたは……おお、依助《よりすけ》さん！」

これ又つごうのいいことに、この船は、古那屋出入りの船頭依助の船だった。

こうして、運よく助け上げられた小文吾は、依助に勧められ、ひとまず下総、市川の依助の家へ寄ることにした。

そこで、手厚いもてなしを受けた小文吾、さらに依助の口から、思いがけぬ噂を聞かされた――

風の便りに、安房の国那古《なこ》のあたりで、文五兵衛らしい姿を見かけた人がいる……というのだ。

小文吾は、矢もたてもたまらず、依助への礼もそこそこに、市川を発《た》って那古の里へ。

途中、はるかに行徳の町を見降ろす丘の上に立った小文吾――

「ああ……これが夢にまで見た、わがふるさとか」

と、感慨無量の面持ち。

その時――小文吾は、不思議なものを見た。

町のまん中あたりの上空に現われた桃色の雲……しかもその雲に包まれて、犬の背に乗った女の姿！

「おお、あれはあの時の……そうだ、石浜《いしはま》の城で、不思議な子犬をつかわして、あっしを救ってくれた時のあの女の人！」

そう、伏姫の姿である。

小文吾は、まるで伏姫に引き寄せられるように、行徳の町なかへ降りて行った。

「ここだ、ここにわが家はあったのだ！」

まわりはみな新しく建て直されているのに、古那屋のあったところだけは、焼跡のまま。

小文吾が、ふと足もとを見ると――

黒こげのままの太い棟木の下に、なにかキラリと光るもの……

「はて、なんだろう？」

拾い上げて見れば、それは〝悌《てい》〟という文字の浮き出る、不思議な珠！　折から西に傾く太陽に、さん然と輝いている。

これぞまぎれもなく、伏姫の胸より飛び散った八つの珠の一つ！

――だが、そのことを小文吾はまだ知らない。

そして、この時桃色の雲に包まれた伏姫の姿は、ニッコリ笑ってうなずきながら、スーッとかき消えた。


不思議なことの連続に、ただぼう然と立ちすくむ小文吾の背後で、なにやら人の気配――


振り向くと、一人の老人……いや、その神々《こうごう》しい姿こそ、役《えん》の行者ではないか。

「おおーッ！」

思わずぬかずく小文吾に向かって、行者が申すには……

「犬田小文吾よ、お前は安房の国里見城の城主、里見義実《よしざね》の亡き娘、伏姫がこの世に残した八人の犬士の一人……焼跡より拾った、悌の字の浮き出る珠こそ、そのなによりの証拠なり……ゆめゆめおろそかに扱うまいぞ」

言い終わると、役の行者の姿は、これ又音もなくかき消える。

話変わって――
ここは、那古観音で知られる、安房の国は那古の里。

　ふとした風邪がきっかけで、寝たっきりの文五兵衛のもとへ、息子の小文吾が、はるばる行徳から、たずねてやって来た。

「文五兵衛さん、お客さんですよ、すばらしいお客さん！」

　浜路に案内されて、枕許《まくらもと》に姿を見せる犬田小文吾！

「おお、お前は……お前は、小文吾！」

「お父ッつぁん！」

　行徳の札つきの悪党をこらしめるつもりが、力余って殺してしまったのが、五年前のこと。

　たとえ相手が悪くとも、人殺しをするような奴は、子とも思わぬと、勘当されて以来の親子の対面。

　小文吾は、病める父の枕もとで、もろ肌ぬいで仁王立ちになると——

「さあ、ご覧ください、あっしのシコを。

　この五年、諸国を修行して極意をきわめ、悟りを開いたあっしのシコを……ヨイショッ！　ヨイショョッ！」

　それを見て文五兵衛、思わず起き上がり、

「見事、見事だ、小文吾！　それほど立派なシコがふめるなら、もう無駄に人を傷つけることもあるまい……よくやった！」

「お父ッつぁん！」

そして、見よや！　もろ肌ぬいだ小文吾の背中に、くっきり浮ぶ牡丹《ぼたん》の花のようなあざ。

七　鉄砲に撃たれた現八、心にはさんだ恋の栞

山があっても山ナシ県とはこれ如何《いか》に？

冬になっても秋ダ県というが如し……

この山梨県は、昔でいうなら甲斐《かい》の国。なぜ〝甲斐〟の名がついたのか、ちょっと調べましたところ、山と山との間は谷、それを古い言葉で山峡（やまかい）と申したようで、その山峡《やまかい》の〝かい〟を取って甲斐の国、とこうなったらしい。調べた甲斐がありました。

「新八犬伝」の舞台は、ここで安房の国から、グーンととんで、ここは甲斐の国巨摩《こま》郡《こおり》。今で言うなら山梨県。

そこの、土地の人が穴山《あなやま》と呼ぶ山のふもと道——

登場するのは、おおなつかしや犬飼現八《いぬかいげんぱち》。

仲間の犬士をさがし求めて旅を続け、不思議な珠を持つ男がいるという噂をたよりに、この地までやって来た。

山のふもとの細道に、おおいかぶさるような枯尾花、それをかき分け、かき分けて行く犬飼現八――

その時、突然うしろから、ズドーン！　と一発、鉄砲の音……

現八、左の脇腹を押さえて、ぶっ倒れた！

ああ、久しぶりの登場と思ったのも束の間、あわれ現八、一巻の終り⁉

と――草むらから、鉄砲片手にゴソゴソ現われた、立派な身なりの侍は……

甲斐の国武田の家臣泡雪奈四郎《あわゆきなしろう》と、その家来の媼内《おばない》。

「旦那《だんな》さま、大変でございます。おッ死《ち》んでいるようで……」

「うむ、てっきり鹿だと思ったのに、人だったとは！　まずいことになったが、幸い見た者もないようだ。このまま放って帰ろう」

これはひどい、撃ち逃げだ！

「じゃ、私は死んだ男の刀を失礼して……」

主人が主人なら、家来も家来で、媼内、倒れている現八の刀に手をかけようとした時――

「やあッ、たあーッ！」

不意に起き上がった犬飼現八、媼内を一本背負い！

「ギャハーッ！」

媼内は、その場に叩きつけられた。主人の奈四郎――

「死んだまねをするなんて、卑怯《ひきょう》なり！」

「なにを言うかッ！」

現八は、奈四郎の手から鉄砲を奪い取る。

「た、た、助けてくれ、撃つのだけは！」

現八、鉄砲を逆さに持つと、頭の上に振りかぶり、

「お前たちの性根を叩き直してやる！」

と、打ちのめそうとすれば、その時――

「お待ちなされ、お待ちなされ！」

枯尾花をかき分けて姿を現わした一人の老人――

「お腹立ちはもっともなれど、その方は、私の知り合い故、この白髪頭に免じて、許してやってくださいまし……」

「おれは犬飼現八という浪人だが、あんたは？」

「この近く猿石《さるいし》村の村長で、四六城木工作《よろぎむくさく》と申します。さあ、お前さま方もお詫《わ》びをして……」

泡雪と嫗内のふたり、まるで米つきバッタみたいに、ペコペコ頭を下げる。

「では、せっかくの爺さんの頼みだから、許してやるとしよう……」

そう言うと、現八、鉄砲を持った両の手をグイとひねれば、鉄砲はまるであめん棒のごとくグニャリ。

その力に驚いて、泡雪奈四郎と家来の嫗内は、雲を霞《かすみ》と逃げ去った。


さて、現八は――

先程撃たれた鉄砲で、脇腹にかすり傷を受けていることに気づいた。

「破傷風になるといけませんよ」

という木工作の言葉に、現八は思わずギクリ。あの犬塚信乃の例もある……

そこで、村長四六城木工作の家へ寄ることにした。

ここは――

甲斐の国八代郡《やつしろこおり》　猿石村の村長四六城木工作の家。

木工作に案内されて、犬飼現八は奥の座敷へ通された。

と——となりの部屋から美しい琴の調べ……

「娘の栞《しおり》がひいております。どうぞそばで聞いてやってくださいまし」

現八、その娘を見ておどろいた——

「おお、なんと美しい人なんだろう！」

だが、その時現八は、琴をひく栞のつぶらなまなこから、一粒……二粒……と、真珠のような涙がこぼれ落ちるのを見た。

……あの涙には、きっとなにかわけがあるにちがいない、なにか大事なわけが……

この涙——自分自身の運命の方向をも、大きく変えるのだということを、現八は知らなかった！


その夜——

現八は問われるままに、不思議な珠を持つ、同じ仲間をさがし歩いていることを、木工作に話した。

「おれの父も、生きていれば丁度木工作殿くらい……」

「私の死んだ息子も、生きていれば丁度あなたほどの年ごろ……」

お互いのこんな気持ちから、現八と木工作のふたりは、親子のように打ちとけていた。

ところが、木工作の女房の夏引《なびき》は、木工作とはガラリ正反対。

財産目あてに、後妻にはいりこんだだけあって、なかなかの性悪女――

「お前さん、あんな青二才の浪人《ろうにん》の面倒なんか、みるのおよしよ……年ごろの娘の栞もいることだし」

「その栞のムコにどうかと思ってな、あの現八さんを……」

「じょ、冗談じゃないよ！　栞は立派な玉の輿にのれるんだから」

――この夏引の言葉、どうやらあの栞の涙と関係がありそうな気がするのだが……

それから、三日ほどたった日の暮れ――

現八が、村長の家の庭を散歩していると、木かげから白い手がスーッと出て、現八の腕をつかんだ。ギョッとした現八――

「な、なにをする!?……おや、あなたは栞さん！」

「シッ、静かにして、母さまに聞かれたら大変です……おねがい、私を連れて逃げてくださいまし！」

「ええッ⁉　なんだって……」

現八は驚いた。人に気づかれぬように、栞をもの陰に連れて行き、そのわけを聞くと、

「泡雪奈四郎さまの口ききで、私はお城に上がって、無理矢理、お殿さまに仕えさせられるのです……」

「うむ、なるほど」

現八は、あの時の栞の涙のわけが、はじめてわかった。

「父さまは、今日、泡雪さまに呼ばれてお屋敷へ……だから、早く私を連れて逃げてくださいまし」

「木工作殿は、こんな話を承知するはずがないと思うが……」


さて、泡雪奈四郎の屋敷では——

四六城木工作を前にして、泡雪奈四郎、烈火のごとく怒っていた。

「では、どうしても栞を、殿に仕えさせぬと言うのだな！」

「はい」

「夏引は、ぜひにと申しておったぞ！」

「家内が何と言おうとも、私は承知しません。あなたも、つまらぬ世話などしないで、もっと武士の道におはげみなされませ……ではごめん！」

と、立ち上がって帰りかける四六城木工作。

「うぬ！」

ここまで言われて泡雪奈四郎、脇の鉄砲取り上げると、木工作の後姿目がけてズドーン！

あわれ木工作は、背中から心臓を貫かれて即死！

さあ、事件は急展開！

栞の運命はどうなる!?

そして、犬飼現八は!?

八　余り知らない男二人、化けも化けた役人に

泡雪奈四郎の屋敷に出かけたまま、一夜が過ぎても帰って来ない四六城木工作。

「現八さま、私、胸さわぎがするんです。父さまの身の上に、何か悪いことでも……」

娘特有の勘というべきか、栞の言う通り木工作は、すでにこの時、泡雪奈四郎の鉄砲に撃たれて、もうこの世の人ではなかったのだが、それはともかく……

先程、泡雪の家来媼内が来て、夏引が、一緒にそそくさと家を出て行く姿を目撃した現八、

「うん、何かあるな？　くさいぞ……　栞さん、おれはこれから泡雪奈四郎の屋敷へ行って、様子を見てくる！」

「私も、連れてって……」

「それはだめだ！　どんなことになるかもわからない」

現八は、腰にさした大小二本の刀のうち、小刀《しょうとう》を取り、

「栞さん、これをおいて行くから、もしもの時に、身を守る役に立てて欲しい。それじゃ……」

心細げに現八を見送る栞……

だが、現八が泡雪奈四郎の家へ行ってみると、なぜかもぬけのから――

「あやしい、ますますあやしいぞ」

現八は、又、木工作の家にとって返した。

すると――

木工作の亡き骸《がら》を前にして、女房の夏引が殊勝げに泣きの涙。

「これゃ一体どうしたんだ!?」

「殺されたんだよ、うちの人が……」

「うむ、やっぱり……それで、栞さんは？」

と、気になる現八。夏引は、

「うちの人の変わりはてた姿を見て土蔵の中に。もしや自殺でもするのでは……」

「冗談じゃない、栞さーん！」

現八、急いで土蔵へ――

「栞さん、栞ッ！」

と叫びながら、土蔵の中へとび込んだ！

――その瞬間、土蔵の重たい扉が、ギーッと閉まる。

「しまったッ！　まんまとはかられしか！」

犬飼現八、土蔵の中に閉じ込められた。


一方、娘の栞はその時――

ガンジガラメにしばり上げられ、猿ぐつわまでかまされて、奥座敷に放り込まれていたのである。夏引が猫なで声で、

「栞やつらかろうねぇ。だがもう少しの辛棒だよ。……あの犬飼現八を、木工作殺しの犯人に仕立てれば、それで一件落着さ……」

おお、なんとも恐しい企《たくら》み！

さて、こちらは土蔵の中。

切歯扼腕《せっしやくわん》、地団太を踏む犬飼現八。

「うむ、そうだ！　こんな時こそ頼りになるのは……」

と、ふところより取り出したのは、あの不思議な珠！

「伏姫よ、役の行者よ、そのありがたき霊験あらわし給え……」

現八、手にした珠に向かって祈り、待つことしばし……

だが、霊験らしきもの現われず、奇跡も起こらぬ。

「ああ、神、仏にも、伏姫にも見捨てられたか！」

と、ガックリうなだれた現八、ふと珠を見れば、

「おお、信の一字が消えて……」

そこに、忠の一字が！

現八、じっと見つめると、その忠の字も消えて、

「おお、今度は孝の一字！」

そして、いつのまにか珠に浮かぶ文字は、元の信の一字になっていた。

「思えば、不思議なことが起こるものだ……」

と、現八まるで狐につままれたよう。

その時——

届けを受けて、役人がふたり、木工作の家へやって来た。

新しくこの地方の眼代になったという甘利志羅内《あまりしらない》とその家来。

「甘利志羅内とは、あまり知らない、名前だなあ……」

と、つぶやきながら、それを迎える泡雪奈四郎——

「お役目ご苦労に存ずる。だが、木工作殺しの犯人は歴然。背中に突き刺さっている小刀の持ち主、犬飼現八という男に違いない。その男は、土蔵の中に押し込めてある」

眼代の甘利志羅内は、

「いや、さすがに泡雪様はお目が高い、推理力満点、探偵もまっ青！」

と、お世辞たらたら、

「では、犯人を引渡していただいて、帰ることに致します」

土蔵へ行きかかる眼代の顔をよく見れば——

なんとこれは、犬山道節ではないか！

その家来は、これ又なつかしや犬塚信乃！

土蔵の中の犬飼現八が手にした珠に、忠と孝の文字が現われた意味が、これでわかった。

やはり、奇跡は起こったのだ！


眼代甘利志羅内こと犬山道節、その家来こと犬塚信乃が、土蔵に入る姿を見て、思わず首尾は上々とニンマリ笑う泡雪奈四郎と夏引のふたり、知らぬ仏のナンマイダー。


一方——

土蔵の中の犬飼現八も、いきなり犬塚信乃が入って来たので、ビックリ仰天！

「やや……やァ、お前は信乃！　どうしてここへ!?」

「シーッ、だまってろ、くわしいことは、あとで話す。おれは眼代の手下なんだ……おとなしく殺人犯になっていろよ」

そう言うと、信乃は、ナワで現八をグルグル巻き。

なにがなにやら、さっぱりわからぬ犬飼現八——

「とにかく、おれをどこかへ連れて行くなら、この家の娘栞も一緒に」

「なにをのんきなことを、だめだ！」

「それならいい、おれはここから出ない！」

「おい、現八、冗談はよせ！」

「信乃、お前には浜路という恋人がいながら、おれの心がわからぬのか！」

「仕方のないやつだ……」

信乃は、外で待つ道節、いや甘利志羅内のところへ来て、なにやら耳うち。

それを聞くと――

「夏引とやら、聞けばこの家に、栞という娘がいるそうだな？」

「は、はい」

「犯人の現八が自供したところによれば、その栞も共犯者！」

「ええッ!?　そんな……」

「栞をかくし立てすると、ためにならんぞ！」


かくして、まんまと眼代に化けおおせた犬山道節と犬塚信乃は、木工作の家から意気揚々と引きあげた。

そのあとに続くのは、ナワを打たれた犬飼現八と栞のふたり。

丁度それとは入れ違いに——

本物の眼代甘利兵衛尭元《ひょうえたかもと》が、家来を引き連れて、木工作の家へやって来たから、まさに危機一髪の間！

先程のはニセの眼代と知って——

泡雪奈四郎、アワを吹いて驚いた！

九　道節武田信昌に会い、武士の志を教えらる

エー

甲斐の武田といえば、みなさんすぐ思い出すのが、風林火山の旗印をかかげ、川中島《かわなかじま》の合戦で上杉謙信《うえすぎけんしん》を相手に戦った、信玄《しんげん》公の名前。実は、武田方と上杉方は、川中島で五回も合戦をしているのですが、これは「新八犬伝」とは、何の関係もないお話。

関係がある武田民部《みんぶ》大輔《たいふ》信昌《のぶまさ》は、その信玄公の三代前、つまりひいおじいさんに当たる人だということを、ちょっと……

あらわれ出でたる正真正銘の眼代、甘利兵衛堯元。

さすが目がよくきく人で、四六城木工作の亡き骸を見て、

「これは刀傷のように見せかけてはあるが、うしろから鉄砲で撃ったものに違いな

い」

と、ズバリ真相を見破った。

それもそのはず、この甘利兵衛堯元も、世を忍ぶ仮りの姿で、実際は、甲斐の国守《こくしゅ》、武田民部大輔信昌、その人であった！

「城中にあっては、世の中の情勢がわからぬ、そこで役人に扮して、時々調べ歩いている……四六城木工作殺しの真犯人はだれぞ、かくし立てをするとためにならぬッ！」

と、殿様じきじきの取り調べに、夏引は、あっさりすべてを白状。

泡雪奈四郎、ただちに捕らわれてあわれ獄門とはなった。天網恢々疎《てんもうかいかいそ》にして洩《も》らさず！


さて——

まんまと土蔵の中から逃げおおせた犬飼現八と栞、そして犬山道節、犬塚信乃の四人。

やって来たところは、猿石《さるいし》村よりちょいと離れたところにあるお寺、指月院《しげついん》。

名前はかっこいいが、住職もいないような荒れ寺。

ここに顔を合わせた、三つの珠の持ち主——

犬山道節と犬飼現八は初対面であったが、信乃にお互いの身の上を紹介され、二人は改めて友情を誓い合った。

「それにしても、犬塚、犬山のご両人は、おれがあの土蔵の中にいることを、どうして知ったのだ？」

——現八は、それが不思議でならぬという面持ち。

「うむ、それもまことに奇妙な偶然の積み重ねなのだ……」

と、信乃が語るのを聞けば、

「この寺で雨宿りしている時、男と女がここへやって来てヒソヒソ話、その中に犬飼現八、お前の名が出てきたのさ……」

「じゃ、きっと母さまと泡雪さまが、ここで相談をしたのですね」

栞も、その偶然にびっくり。

三人は、今さらながら、自分たち八犬士の運命の不思議さに、思わず顔見合わせるのであった。

「ところで、おれたちがニセの眼代だったことは、もうバレているに違いない」

「うん、信乃さんの言う通りだ。こんなところで、ぐずぐずしてはいられない、すぐに逃げよう」

と、現八は栞の手を取る。

だが、犬山道節だけは、少しもあわてず、

「もう逃げられるものか。幸いここは人目につかない場所だから、しばらくはここにひそんで、様子を見るべきだ」

「それもそうだなあ」

信乃も、道節の意見に賛成し、三犬士と、今は現八を恋い慕い、どこまでも一緒にと願う栞の四人は、しばらくここにひそむことにした。

ところが、偶然には偶然が重なるもので、四人のかくれ住む指月院に、やはり夜露をしのぐためにやって来た、一人の雲水……

それがなんと丶大法師！

「おお、信乃殿、……ここでこうして会えようとは、ああ、伏姫さまのお導きに違いない……」

積る話にその夜も過ぎて、あくる朝——

「大変です！　このお寺は捕り方たちに囲まれています！」

という栞の声に、みんなは眠りをさまされた。ゝ大法師は、

「うむ、私はきのう、泡雪奈四郎の首が、獄門にかけられているのを見たが……」

「とすれば、現八のヌレ衣は晴れたはずだ、今さら捕り方たちに囲まれるのは、ふに落ちない」

「いや、そうじゃない、ニセの眼代になった罪は罪……この場は拙者にまかせとけ」

そう言うと、胸を張って荒れ寺を出て行く道節。

「おい、道節、どこへ行くのだ？」

と、信乃たち。道節、答えて――

「自首するのさ」


甲斐の国守武田民部大輔信昌の前に、堂々とした態度で、引きすえられている男われらが犬山道節。

「ニセの眼代になりすましたというのは、そのほうか！」

「ははあッ」

「公けの役職の名をかたり、天下を騒がすとは、不届き至極、わしが自ら打ち首にし

てくれん」

　と、武田信昌刀を取り上げたが、この時道節、少しも騒がず、

「友を救うためならば、自分の首切り落とされても悔いはなし！」

　道節、グイッと首をつき出せば、武田信昌ニヤリと笑って、

「実は、成敗すると言ったのは、そちの肝ッ玉を試すため……」

「ええッ!?」

「友の危難を救うため、眼代になりすました条々、罪は問わぬことにする。許してつかわす！……だが、犬山道節、噂にたがわぬ豪の者よな」

「とおっしゃいますと、拙者のことをご存じで……？」

　武田信昌、ふところより一通の手紙を取り出すと、

「これは管領《かんれい》扇谷定正《おうぎがやつさだまさ》殿よりの手紙じゃ」

「えっ、定正からの!?」

　道節、目の色を変えた。武田信昌は、手紙を読み上げる。

「……犬山道節、犬塚信乃の両名、万一甲斐の国に立回りし時は、直ちに逮捕し、鎌倉に護送されたし……」

　道節、思わず怒りにうちふるえ、

「うぬ、憎ッくき扇谷定正、甲斐の国まで手を回したか！」

「いや、甲斐だけではない、関東甲信越奥羽《おうう》に至るまで、すべての国に――だが、心配するな道節、わしはそちを鎌倉に送ったりはせぬ」

「えっ、それではお見逃しくださるか！」

その時、武田信昌、ひとひざのり出し、

「わしもそちと同じだ、管領の命をねらっている……」

「ええーッ、武田様も親の仇と？」

「いや、仇ではない。わしは今でこそ、ちっぽけな甲斐の国守だが、やがては天下を取る！ そのためには、管領を倒さねばならぬ、そして、京都の将軍をも！」

武田信昌、犬山道節にこんな重大なことまで打ち明けた。そして、

「実はな、道節、この冬に管領は伊豆の堀越《ほりごえ》に行く。わしはその機会をねらうつもり……どうだ道節、わしの家来になれ。管領を襲う切り込み隊の隊長にしてやるぞ……」

「えっ？」

しばらく考えた犬山道節――

「せっかくではございますが、拙者、安房の国里見家ゆかりの者、共に同じ志を持つ

友人たちと、里見家に仕官するのが、拙者の定め——それに、親の仇はどなたの力も借りず、拙者ひとりの力で討ちたく存じます」

「見上げた心掛けよのう……そちたちのような若者を、やがて家来にする里見殿がうらやましい」

　武田信昌、ますます犬山道節が気に入った様子であった。


　指月院へ帰る道すがら、道節は、武田信昌の口にした〝天下を取る〟という言葉が、耳から離れなかった。

「武士と生まれたからには、天下を取る、それが望みでなくてなんであろう……」

　風にそよぐ枯尾花、その中に立って見上げる秋の空……

　世は室町、天下はまさに麻のように乱れ、各地に群雄割拠、新しい時代の夜明けも近いその時に——

　ふところから出した不思議な珠、忠という字が浮かび出る珠をにぎりしめ、犬山道節空を見る。

　どこまでも続く青空に、流れる雲が二ツ三ツ……

　この若者の前途には、いったいいかなる道が開けるか!?

十　悪女千里をひた走り、舟虫小千谷の山中に

　トンネルを出ると雪国だった……

　その雪国は越後《えちご》の小千谷《おじや》の里。ここが、しばらくは「新八犬伝」の舞台となります。

　現在で言えば、東京から国道17号線沿いに三国峠《みくにとうげ》を越えれば新潟県、さらに進むと小千谷《おぢや》市。

　ここの特産は、なんといっても小千谷ちぢみ、それに鯉の養殖と闘牛の盛んなところであります。


　甲斐の国の荒れ寺、指月院に帰った犬山道節は、武田信昌との出会いの様子を語り、晴れて自由の身となったことを、信乃たちに伝えた。

「とにかく、おれは伊豆へ行く、伊豆の堀越へ」

——道節の心は、もはや親の仇扇谷定正のことでいっぱい。信乃は、
「おれも行こう、友の仇討ちを放っておくわけにはいかぬ。助太刀も邪魔もしないか
らいいだろう……」
かくて、犬山道節と犬塚信乃は、指月院を出て伊豆へ——
犬飼現八は、栞を連れてひとまず安房へ——
ゝ大法師は、例によって例のごとく、いつの間にやら、いずこともなく姿を消した。

さて、舞台は変わって——

ここは越後の国小千谷の里。

折しも、村は年に一度の鎮守の祭礼で、しかも今日は、近郷近在から屈強な牛を集めて開かれる、牛相撲の王座決定戦。

その見物衆の中に立つ、これ又屈強な男は、まさしく犬田小文吾——

犬阪毛野をさがし続けて、ここまでやって来た小文吾、宿の主人の石亀屋次団太《いしかめやじだんだ》に案内されての牛相撲見物だった。

勝負は進んで、いよいよ結びの大一番は、真っ黒な牛、逃入村《にごろ》の角連次《かくれんじ》と、連銭葦毛《あしげ》の牛、虫亀村《むしかめ》の須本太《すもった》の対決。

両力士ならぬ両牛は、ガッキと角を組合わせ、水入りの大相撲となったが……その最中に、とんだ珍事が起こった！

角連次関が、長い相撲にあきたのか、それともとてもかなわぬと思ったのか、突然、スタコラ逃げ出したのだ。一方の須本太関は、これを見て怒り出し、必死に止める牛使いたちを、はね飛ばし、け飛ばして、大あばれ。

「キャーッ！」

見物たちは逃げまどい、右往左往し、場内はたちまち阿鼻叫喚《あびきょうかん》の騒ぎ。

そのうち、須本太関は小文吾めがけ、角を突き立てて猛然とおどりかかって来た！

――と、木の陰から、それをジッと見て「フフ……」

と、うす気味の悪い笑みをうかべている女の姿……

おお、舟虫ではないか！

こちらは小文吾。

気が違ったかのようになった須本太が、角を立てて、目の前にせまったが、別にあわてる気配もなく――

「相撲の修行が役立つ時が来た！」

と、突進して来る牛の前に仁王立ち。須本太の角を両の手でしっかり取りおさえた。

さあ、今度は人と牛との大相撲。押しつ、押されつ……ころあいを見て小文吾、

「ええいーッ！」

かけ声もろとも、須本太をねじ倒した。

見物衆は、番外の熱戦にヤンヤヤンヤの大拍手！

それを見て——

「ええい、くやしや！　小文吾め、いっそ牛に突き殺されればいいものを……」

と歯がみする舟虫。

以前は武蔵の国石浜あたりに住んでいて、強盗だった亭主を小文吾に殺され、それからは千葉家の家老馬加大記に、取り入っていたが、その馬加大記も殺されて、ひとりになった——あの舟虫が、又、どうして越後に……？

悪事千里を走るというが、たった一人になった舟虫は、越後の国で近ごろメキメキと名を上げ、小千谷あたりでは、泣く子もだまる山賊の棟梁《とうりょう》、童子《どうじ》皜子《こうし》酒顛《しゅてん》二を頼って来ているのだった。

一方、犬阪毛野に会いたくて、女田楽の一座の噂をたよりに、越後までやって来た小文吾。しばらくは小千谷のはたご石亀屋に滞在することにしたが、

「はてさて、これからどうなることだろう……」

と、ぼんやりしているところへ、

「おじちゃん、あたし遊んであげる」

やって来たのは石亀屋次団太の末娘、小窓《こまど》。

「おじちゃんは、なにをして遊ぶのが好き？」

「そうさな、好きなのは相撲だけど……」

「じゃ、あたし相手をしてあげる」

小文吾、幼い小窓とふざけあって、倒れたり、転んだりしていると、あの古那屋の焼け跡で拾った珠がふところからコロコロ……

「まあ、きれいな珠！」

「おっと、この珠はね、おじさんにとっては大事なもの、おもちゃにするわけにはいかないのだ」

と、小文吾その珠をふところにしまおうとして、ふと秋の陽にすかして見ると浮かび出る一つの文字、〝悌〟の字。

だが――

「おかしい……いつものようにはっきりと見えぬ」

小文吾は、自分の目の異常に気づいた。

それから二日、三日……からだを休ませて、疲れをとっても、小文吾の目はよくなるどころか、ますます悪くなるばかり。

「このまま、あっしは目が見えなくなってしまうのだろうか」

と――その時、

「おじちゃん、あんまさんを連れて来たわよ。肩がこると目が疲れるというから……」

「それはありがとう」

小窓が連れて来た盲目の女――

だれあろう、それはなんと舟虫！

小文吾の目は、もはや舟虫の顔さえ、はっきりと見わけがつかなかった。

それにしても、あんまになりすましてまで小文吾に近づくのは、どんな目的があってのことか!?

「旦那さん、それじゃもましてもらいますよ……」

小文吾のうしろにまわった舟虫、片手で肩をもみながら、片ほうの手はふところから、短刀を取り出す。ああ、犬田小文吾の命は、風前の灯！


と、その時——

小文吾は、ハッタと胸をおさえ、

「あいた……いたいた……胸がいたい！」

手でおさえれば、痛むところは、丁度悌の字の出る不思議な珠のあるところ……

「あんまさん、悪いけれどもういい、気分が悪くなったから……もう帰っておくれ」

「そうはいくもんか！」

舟虫はいきなり短刀を——

その短刀のキラリ輝く光りが、小文吾の目に入った。

「なにをするッ！」

小文吾、舟虫のからだをズッテンドーと投げとばした！

この物音に、かけつけて来たはたごの主人次団太と、二人がかりで舟虫をグルグル巻きにしばり上げて——小文吾、よくよく顔を見れば、

「おお、お前は舟虫！　どうもどこかで聞いたような声だと思っていたが……」

「ちくしょうーッ！」


さて――

ここは、小千谷の里のはずれの古ぼけた庚申堂《こうしんどう》。

その天井から吊り下げられた舟虫。

「小文吾殿、さあ三日間、このまま放っておきましょう」

「しかし、次団太さんそんなことをして、舟虫は死んでしまうのでは」

「死ぬか、死なぬか、小文吾殿、これは昔からこの里に伝わる〝神慮《しんりょ》まかし〟という方法だ。つまり、すべて神様のおぼしめしに、おまかせするわけですわ。三日三晩吊るして、死ねば罪ある証拠」

「では、死ななかったら？」

「その時は、自由の身にして、この里から追放するならわし、とにかく、わしらは引き揚げましょう、小文吾殿」

叫けべど、泣けど、舟虫を助けに来る者はなし。

さしもの悪女舟虫も、いよいよ年貢をおさめる時が来たか!!

十一　吊った身が吊られて、小文吾地団太をふむ

庚申堂に吊るされ〝神慮まかし〟の裁きにかけられた舟虫。

一日は過ぎ、二日たち、三日目ともなると、もう虫の息——助けを呼ぶ声も出ないが、まだ生きていた。さすがしぶとい女。

と——庚申堂に近づく人影一つ……やっと相棒の山賊が助けに来たか⁉

いや違う、その人影は、おお！　なんとそれは犬川額蔵《いぬかわがくぞう》！

雷電《らいでん》神社の境内で、犬塚信乃や犬飼現八と別れて以来、珠を持った友をさがしてはるばると、やって来ました越後の国。

額蔵、古ぼけた庚申堂があるので、ふと中をのぞいて見る気になり、扉を開いて、驚いた——

「おおーッ、なんとむごたらしや！」

グルグル巻きにされた女が、天井から宙吊りになっている。

「どうしたんです⁉　どうしてこんなひどいめに……」

何も知らずに額蔵は、舟虫のそばへかけ寄ると、さっそくナワを解いて、床におろしてやれば、ようやく息を吹き返した舟虫――

「ヨヨ……」

とばかりに泣き出して、

「よくぞお助けくださいました。私の奉公先のはたご屋の主人が、鬼のような主人で……自分の思いどおりにならぬ私を、こんなひどい目に……」

と、息もたえだえに、口からデマカセのウソ八百。

人がよくって疑うということを知らぬ額蔵、すっかりだまされて、もらい泣きまでしてるんだから世話はない。

「とにかく、私の兄のところへ……」

と言う舟虫につきそって、額蔵が来たところは、山賊酒顚二のすみかだった。

「命を助けていただいたお礼だから、今夜ここへ泊って行きなさいよ……いいじゃないのさ」

まさか山賊の家とは知らぬ額蔵は、舟虫のすすめに、

「そうまでおっしゃるなら、お世話になります」

と、ここで一夜を過ごすことにした。

舟虫と酒顚二のこと、きっと何か企みがあるに違いないのだが……


一度ぐっすりと眠り込んだものの、となりのヒソヒソ話に目がさめた額蔵、聞くともなしに聞いていると――

「お前さん、あたしゃ、石亀屋でとっつかまっちゃって、そりゃひどい目にあったんだよ……」

「ようし、今夜のうちにも石亀屋に押しかけて、次団太のやつを叩き殺してやるわい」

「ところで、あいつはどうする……？」

あいつとは、どうやら自分のことらしいと、額蔵耳をすませば、

「やっちまうか……」

「殺しても、あまりお金は持っていそうもないし……それよりお前さん、山賊の手下にでもしたらどうかね」

殺す……とか、山賊……という言葉を聞いて逃げ出そうとしたが……

「おや、私たちの話を聞いたらしいね。だが、逃げられないよ……ほら、うしろをごらんなね」

振り返った額蔵の目に、鉄砲を構えた酒顚二の姿！

そして、いきなりズドーン！

胸に手を当てて倒れる犬川額蔵。

舟虫、片手で拝んで
「成仏しなよ……」


話は変わって——

こちらは、はたご屋の石亀屋。

目の病が気になる小文吾、あれこれ思い悩んで、寝つかれぬまま、夜明け近くなったころ……

「た、た、助けてくれッ、小文吾さん！」

主人の次団太が、逃げ込んで来た！

それを追って、抜き身の刀ひっさげ、荒々しくやって来たのは、

「おれが泣く子もだまる山賊の、童子篇子酒顛二だァ！」

そう言うと、小文吾めがけて、いきなり切りつけた。目の不自由な小文吾だが、殺気を肌で感じ、体をかわす。

——と、勢いがついていたから、酒顛二はだらしなく四つんばい。

その背中に、小文吾足をのせて、押さえつけると、

「山賊、覚悟しろッ！」

と言いながら、逆に刀をふりおろそうとした、その時、

「お待ち、小文吾！」

又々、舟虫の登場、よく出しゃばる女。

「その男を殺すのもいいが、その前にちょっとこっちをごらんよ……」

おお！　舟虫は、次団太の末娘小窓を小脇にかかえ込み、しかも短刀をそののど元に突きつけている！

「お父ちゃん！」

「……小窓！」

「む、む、うーむ、子どもをだしに使うとは、卑怯な！」

小文吾は、止むを得ず刀を放り出し、山賊酒顛二を踏みつけた足をはずした。

が然、勢いがついた酒顛二――

「やいやい、舟虫をひどい目に合わした上に、このおれさまにまで、恥をかかしやがったな、殺してやる！」

覚悟をきめた小文吾、どっかとあぐらをかいて、腕組みし、

「さあ、突くなと切るなと、勝手にしろ！」

「ようし！」

「ちょいとお待ちよ、お前さん！」

舟虫、刀をふりおろそうとした酒顛二に、ストップをかけた。

「私はね、こいつのおかげで、グルグル巻きにされて、庚申堂に吊るされたのさ。ひと思いに切るより、同じ目にあわせて、なぶり殺しにしてやろうよ……」

ああ、どこまでも悪知恵の働く女！

「それもよかろう」

折しも白みはじめた空の下。

古ぼけた庚申堂の天井に、高々と吊り下げられたのは――

犬田小文吾と石亀屋次団太のふたり。

舟虫はそれを見て、

「苦しむがいいさ、ふふ……」

「なんのこれしき……ところで舟虫、約束通り、小窓ちゃんは自由にしたろうな？」

と、宙吊りの小文吾。

「えっ、そんな約束したかねえ……小娘は可愛い顔をしてるから、人買いに見せれば、きっと高く売れるだろうさ」

「うぬ、そりゃあんまりな！」

小文吾、くやしさのあまり身もだえするが、ただナワがくい込むばかり。


さて——

気がかりなのは、酒顚二の鉄砲に打たれて倒れた犬川額蔵。

山賊のすみかに、朝日が当たるころになると、まぶしさにパッチリ目を開き、むっくりと起き上がった！

「おや、たしかに鉄砲で胸を打たれたはずだが……」

額蔵、胸に手をやると、おかしな手ざわり……

なんと、いつも肌身離さぬ、あのふところの中の不思議な珠、その珠に、鉄砲の玉がくい込んでいるのだった！

「ああ、これぞ伏姫さまの御加護、ありがたや、ありがたや！」

額蔵、珠を伏し拝むと、山賊のすみかをあとにした。

そして――

ひとりトボトボ歩く秋の道。額蔵がやって来たのは、あの庚申堂の前。

「ああ、ここで、舟虫という女を助けたばっかりに、とんだ目にあったわい……」

と、額蔵、足ばやにそこを通り過ぎようとしたが、堂の中から人のうなり声。

額蔵は足をとめた……

さて、救われるか犬田小文吾！　助けるか犬川額蔵！

十二　宙吊りの小文吾たち、牛にひかれて命拾い

朝まだき、庚申堂の前を通りかかった犬川額蔵——

お堂の中をのぞいて、驚くよりも、あきれた！

昨日は、女が一人だったが、今日は、男が二人、やはり同じように吊り下げられているではないか！

「助けてくれ、頼む、この綱を切ってくれ！」

必死に頼む小文吾の目と、額蔵の目が合った。

片や犬川額蔵は、義の字の珠を持ち……

片や犬田小文吾は、悌の字の珠を持ち……

ともに、伏姫がこの世に残した八犬士のうちの二人……

だが、ああ、だがしかし二人は初対面、顔も見知らぬ仲だった！

「あっしらふたり、悪い奴らにこうしてひどい目にあってるんです……お願いだ、助

けてください！」

言われて額蔵、さっそく……と思いきや、きのうの舟虫の一件以来、さすが人のいい額蔵も、警戒心が強くなっている。

「……まあ、私が助けなくとも、だれかが助けるだろう。とにかく二度と同じ過ちをくり返したくない……」

そう心に決めて、額蔵、きびすをめぐらし、庚申堂から出て行ったとは――

ああ、なんという不幸！

ああ、なんという皮肉！


犬川額蔵が、小文吾と次団太を見捨てて、やって来たところは、はたごの石亀屋。

「朝風呂にでも入れてもらって、腹ごしらえをするか……」

中へ入ると――

ガヤガヤ、ザワザワ、ヒソヒソと人の声。なにか取りこみの最中らしい。

「ひと休みさせてもらいたいのだが……」

額蔵が案内をこうと、はたごの女が出て来て、

「だめだねお客さん、宿の主人とその末娘、それにお客さんの三人が、消えちまって、

今、大騒ぎなんだから……」

「それじゃ仕方がない」

と、行こうとした額蔵、どうも気になって、消えた三人の人相風態《ふうてい》を、くわしく聞いてみると——まさしく、吊り下げられていた二人。

「おおッ、その人なら、さっき庚申堂で……そうだったのか、よし！」

額蔵、庚申堂めがけてまっしぐら！


だが——おそかった！

さっきはまわりに人影のなかった庚申堂に、山賊の手下たちがウロウロ。

「しまったッ！」

もとより額蔵は、小文吾にも、次団太にも、義理もなければ恩もない。命を張ってまで助け出す必要はないのだが……

そこは、義の字の浮き出る珠を持つ犬川額蔵、義を見てせざるは勇なきなり！と、大刀《たち》を風車《かざぐるま》のように振り回して、山賊の中に切りこんだ。クモの子のように散る手下たち。

しかし、庚申堂の扉をあけると、中では酒顚二の一の子分蛭丸《ひるまる》が、

「やい、サンピン、それ以上近づくと、この二人の命はねえぞ！」

と、人質に刀を突きつけている。悪人どもの常套《じょうとう》手段。

「うーむ、うーむ」

額蔵、うなるばかりで一歩も近づけない。

ぐずぐずしていると、山賊の手下どもが体勢立て直して、又やって来る。

心に決めた額蔵は、

「小文吾さんに次団太さんとやら、今に必ず救いに来るから、それまで辛抱を！」

言うが早いか、身をひるがえして、庚申堂から外へ走り出した。


ひとまず、小千谷の里へ舞い戻った犬川額蔵。

里の人々をつかまえては、片っぱしから力を借して欲しいと訴えるのだが、だれもかれも、山賊の仕返しを恐れて、力を借そうとはしない。

「ああ、頼りになるのは、私ひとりというわけか」

額蔵、空を見上げて大きなため息をはいた時――

「もし、お武家さま！」

と、声をかけた男、となりに大きな牛を連れている。

おお、その牛は、あの牛相撲で大あばれした須本太、男はその飼い主の須本太郎《すぼたろう》だった。

「お武家さん、石亀屋の次団太は、私の友だち、それに小文吾さんも、突然あばれ出したこの牛を、取りしずめてくれたことがある……」

「じゃ、力を借してくれますか？」

「それが事情があって……その代り、この牛の須本太をお使いください」

と言うと、須本太郎はそそくさと姿を消した。


強そうな牛を置いていかれたものの、額蔵は、ハタと困った。

「これを、どう使えばいいんだ……？」

トボトボ歩く額蔵、そのあとに家来のごとく従う牛の須本太。

里のはずれの庚申堂めざして、たどって行くは秋の道。知らない人が見るならば、まことにのんびりとした風景だが……

と——その時、須本太の足がとまった。

太くて短い首をのばすようにして、はるかかなたを見る様子。須本太の視線をたどれば、そこにも一頭の牛。

なんとその牛は、あの牛相撲の王座決定戦で、須本太と戦った角連次ではないか！

角連次、須本太の姿に気がつくと、このまえの相撲の時と同様、一目散に逃げ出した。

逃げる方向は、なぜか庚申堂のあるほう。

須本太は、このあいだの勝負のかたをつけようとばかりに、うなり声をあげて、追いかける。そのすさまじさ！

ただあれよあれよと見送るだけの犬川額蔵。

こちらは、庚申堂の山賊たち。

二頭の猛牛が、追いつ追われつやって来たから、驚いたり、あわてたり。

いや、あわてているのは、牛の角連次で、あっちに逃げ、こっちに逃げ、いよいよ追いつめられて――

外の騒ぎに何事ならんと、蛭丸が扉をあけた、その庚申堂の中へ、牛突猛進！

つづいて、須本太もなだれ込んだ！

しばし中で、もみ合う音がしたと思うと、再び飛び出して来た、二頭の牛。見れば――

おお、なんと！　なんと！

角連次の角には、グルグル巻きにしばられた次団太のナワがからみ、須本太の角には、同じく小文吾のナワがからみ、二人のからだはうまく牛の背に乗っているではないか！

そして、二頭の牛は、山賊たちがぼう然と見送る前を、地ひびきたててモー然と走り去った。

さて――

ここは再び、小千谷の里の石亀屋。

牛に助けられ、九死に一生を得た小文吾と主人の次団太。若い小文吾はどうやら元気をとり戻したが、年寄りの次団太のほうは、ぐったりと眠り続けている。そばにつきそう犬川額蔵。

「額蔵さんとやら、せっかく助けていただいたが、目はますます見えなくなるし、それにかわいい小窓ちゃんは、まだ行方知れず……ああ、いっそのことあっしは死にたいよ……」

と、すっかりヤケになった小文吾。

「なんてことを言うんだ！」

額蔵、いきなり小文吾の横ッ面をパシッ！

はずみで、ひっくり返った小文吾のふところから、コロコロところがり出た珠！

朝の光を受けて、〝悌〟の字が浮かび出た！

「おお！」

驚く額蔵、自分もふところから珠を取り出して、小文吾の手ににぎらせて、

「小文吾さん、私も同じ珠を持っているんだ。私の珠には〝義〟という字が浮かび出る！」

「ええっ、じゃ額蔵さん、お前さんとこのあっしとは……」

「そうだとも！　ともに里見家ゆかりの八犬士！」

「血を分けた兄弟よりも深い契りの友だち同士だ！」

めぐりあいの不思議さに、今さらながら驚く小文吾と額蔵。

ともあれ――

仁義礼智忠信孝悌……この八つの珠のうち、義と悌の二つの珠が、ここでこうして出会ったのであった。

それにしても、犬田小文吾の目の病いはどうなるのやら……？
あの幼い娘小窓、の運命は……？

十三　怪力さえて山賊退治、だが火攻めに立往生

小千谷の里からほど遠い山の中。

そこにある山賊酒顚二のすみかで、すっかり女房気取りになっている舟虫――

「ねえ、お前さん、せっかくつかまえて吊るしておいた、小文吾と次団太を、牛にさらわれるなんて、ドジだねえ、すぐに又つかまえて来ておくれ！」

「そう興奮するな、ここにほらいい餌がある。向こうのほうから、きっとノコノコとやって来るさ……」

酒顚二が押入れをあければ、そこに石亀屋の娘小窓が、泣き疲れたか、気を失っているのか、グッタリとなっている。

「そうか、なーるほど、それをすっかり忘れていたわいな」

舟虫、思わずニヤリと笑う。

と、そこへ——子分に引き立てられて来た二人連れ。巡礼姿の夫婦らしいが、なぜか笠をすっぽりとかぶって顔をかくしている。

よくよく見れば、おお！　その夫婦、犬田小文吾と犬川額蔵の二人ではないか！

「親分、あやしい巡礼の夫婦を連れて来ましたぜ」

巡礼の夫婦と聞いて、酒顚二の心に油断ができたか、気軽に、

「ようし、中に入れな」

子分に背中を押されて、中へ入った二人、いきなり笠をパッと取ると、

「中へ入りゃ、こっちのものだ！」

と、犬川額蔵。

「お前ら、この顔を見忘れたかい！」

と、犬田小文吾。

「おお、てめえは！」

と、驚く酒顚二——

「やいやい、野郎ども、この二人をたたきのめせ！」

子分たちが、いっせいにとびかかる。と言いたいところだが、なにぶん入り口がせまいから、一人ずつ飛び込んで来る。

それを、片っぱしからつかまえて額蔵が、

「ホイさ！」

と、小文吾の前につき出せば、目が不自由でも、鼻先へうまくトスしてくれるから、

「待ってました！」

百人力の小文吾は、そいつをつかんでは投げ、つかんでは投げ、あたかもつき立ての餅《もち》を、ちぎって丸めては放り出す感じ。

さすがの山賊酒顚二も、これを見て、

「なんて力の強い奴だ！」

と、逃げ出そうとしたが、そのえり首をむんずとつかんだ小文吾――

「やい、酒顚二、よっく聞け！　これまで積み重ねた悪行はかぞえ切れず。今、その報いの時は来たぞ、覚悟！」

憤怒《ふんぬ》の形相はものすごく、満身の力をこめれば、ああ、見るも無残、語るも恐し、山賊酒顚二の手足首胴体はバラバラになって、みじめな最期。子分たちもまっ青。

だが、額蔵と小文吾の目的は、山賊退治にあらず、幼い娘小窓を救い出すこと。

「小窓ちゃーん！」

二人は、声を限りに、小窓の名を呼ぶが返事はない。

そのうち、先程から、あの舟虫の姿が見えぬことに気がついた。

「小窓ちゃんの姿が見えぬところを見れば、あの女が一緒に連れて……」

「うん、額蔵さん、早くさがしてくれ。あっしの目が不自由でなければ……」

「ようし、小文吾さん、ここで待っててくれよ」

額蔵、小窓をさがしに、山賊のすみかから飛び出して行く。

あとに残った小文吾——

「おや……おかしい、変なにおいがするぞ……」

目の不自由な小文吾は気づかぬが、足もとには煙が流れている。

「しまったッ！　火だ、燃えている！」

小文吾は、急いでこの山賊のすみかから出ようとするが、どこが出口か道さえ知れず……

右往左往しているうちに、煙のあいだから、ゴーッと無気味な音がして、紅蓮《ぐれん》の炎が立ちのぼる。

——と、その時、たちこめる煙の向こうに女の声。

「ふっふっふっ……犬田小文吾、苦しめ苦しめ……苦しみ抜いたその末に、焼け死ぬがいい」

「小文吾、その声のするほうに進んで行くが、その前に燃え上がる炎は壁のよう。

山賊のすみかは、まさに火の海となっていた。


一方、小窓をさがしに出かけた額蔵。

あたりをさがしても、求める小窓の姿はなく、ふと振り返れば、山賊のすみかに立ちのぼる煙。

「しまった！　小文吾さんが危ない……」

あわてでかけ戻る額蔵、燃え上がる山賊のすみかの前で、舟虫とバッタリ。

「おお、舟虫！　その腕に抱えているのは、小窓だな……」

「そうとも、この子を連れて逃げてしまうのさ」

「そうはさせぬ、小窓を返せ！」

「いやなことだ、ほら、お前の友だちが、むし焼きになりかかっているよ……」

「うん、そうだ、残念だがお前にかかずらっているひまはない、小文吾さーん！」

炎をものともせず、山賊のすみかに飛び込んだ額蔵――見れば、煙に巻かれて小文吾が倒れている。

運び出そうにも、大きなからだの小文吾、びくとも動かない。

「ああ、なんとしよう……こんなことをしていたら、自分も焼け死んでしまう。小文吾さんを置いて逃げるか……」

頭の片すみに、チラとこんな考えが浮かんだ、その時——

額蔵の左の胸がズキーンと痛んだ。

「うーッ！」

思わずそこに手を当てれば、まぎれもなき、あの珠の感触。

「そうだッ！」

額蔵、ふところから、義という字の浮かび出る不思議な珠を取り出し、

「伏姫さま、そして役の行者さま、われら二人の命を守らせ給え！」

と、心に念じた——


山賊のすみかで、炎に包まれた犬田小文吾と犬川額蔵の二人。

はたしてこの不思議な珠の霊験によって、助かることができるのだろうか？

十四　突如起こる大暴風雨に、舟は波間に消え去る

越後の国は小千谷の里のあたり。

ここを根城に、極悪非道の限りをつくしていた山賊、童子06子酒顚二を見事に退治したものの、その山賊のすみかで、猛火に包まれた犬田小文吾と犬川額蔵……

伏姫と役の行者の霊験を願って、額蔵がふところから珠を取り出し、

「われら二人の命を守らせ給え！」

と、心に念じれば、これは不思議！

二人の姿は、なんと二匹の犬の姿に変身して、壁の小さな穴から外へ――

無事に火の海の中から逃れることができた。

「小文吾さん、大丈夫か！　私が持っている不思議な珠が、二人を助けてくれたんだ」

「珠が……しかし、珠の霊験があったにしても、あっしを火の中から救い出してくれ

たのは、額蔵さん、お前さんだ。ありがとう」

「なにを言うんだ、助け合うのは当たり前だよ」

「ところで、舟虫はどうした？　火をつけたのも、あの女の仕わざ……」

「それが、どうやら取り逃がしてしまったらしい」

「小窓ちゃんは？」

「舟虫が連れて行った」

「ええっ、くそッ！　悪党め！　たとえ目が見えなくっても、あの女を必ず捕らえ、小窓ちゃんを救い出してやる」

不自由な目を空《くう》に向け、キリキリと歯がみする犬田小文吾。それをかばうようにして脇に立つ犬川額蔵。

やがて、はたごの石亀屋に戻って来た二人、主人の次団太の前に手をつき、

「もう少しのところまで追いつめながら、小窓ちゃんを連れた舟虫を、逃がしてしまいました」

「私ら二人の力がたりなかった、申し訳ない……」

次団太は、それをさえぎるように、

「とんでもない、そりゃあ、小窓のことを思えば、身もはり裂ける思いだが、これも

運命。無事に生きていることがわかっただけでもありがたい。小文吾さん、額蔵さん、あなた方にはなんとお礼を言ったらいいか……」

　と、二人の前に両手をつく。

「ああ、そんなことをしては……」

　すっかりやつれはてた次団太をいたわる額蔵。

「そう言えば、小文吾さん、あなたの目のことだが、目の患いによく効く温泉があると、以前に聞いたことがある……」

「次団太さん、そりゃどこに？」

「ちと遠いが、熊野《くまの》だ」

「熊野!?　目明きの時ならばともかく、今の身では、とても一人で熊野までは……」

　と、気を落とす小文吾に、額蔵――

「水臭いぞ、小文吾さん、もしその気なら、熊野へでもどこへでも、私が手を引いて連れて行こう……」

　それに、小窓ちゃんのゆくえも追わねばならぬし、私らと同じ珠を持つ若者もさがさねばならない。いつまでも、ここでのんびりはしていられぬ」

「たしかに、額蔵さんの言う通りだ」

かくして――

犬田小文吾、犬川額蔵の二人は、次々と起こる事件に巻き込まれ、すっかり滞在の長びいてしまった小千谷の里をあとにして、新しい旅へと出発するのであった。

さて、舞台はガラリ変わって――

ここは、名にしおう相模灘《さがみなだ》。伊豆の国は網代《あじろ》あたりの浜辺から、東に向かって進む一艘《そう》の帆掛け舟。

この舟に乗っているのは、おお懐かしや！

ふところ深く〝孝〟の字が浮かび出る珠を抱《いだ》いた犬塚信乃と、同じく〝忠〟の字が浮かび出る珠を持った犬山道節の二人だった。

信乃の家に伝わる名刀村雨を借りて、父の仇管領扇谷定正の命をねらう道節であったが、その機会を度々逃がし、ひとまず安房の国へ落ち着こう、ということになっての舟旅。

「見ろ、道節、もうすぐ城ヶ島《じょうがしま》だ！」

「うん、めざす安房も、もう目と鼻の先」

――と、その時。

三浦半島の先、一見なんの変てつもない砂浜から、突然立ち昇る黒い雲。

あっという間に、広い空をおおいつくし、そのおぞましき黒雲《くろくも》の中に現われ出でたるは、おお、これぞまごうかたなき、玉梓が怨霊！

「われこそは、玉梓が怨霊……　ひとたびはゝ大法師の呪法《じゅほう》によりて、自由を奪われた身なれど、再びこの世に現われ出でたるなり。

伏姫ゆかりの犬塚信乃、同じく犬山道節の二人、いかでか無事にこの海を通さんず！　風よ吹き荒れ、波よ牙をむけ！」

怨霊、久しぶりの登場に、張り切ったわけでもあるまいが、怨みの形相ことさらにすさまじく、呪いをこめて吹き起こす風に、海はたちまち大暴風雨《おおしけ》。

舟はもちろん木の葉のように翻弄《ほんろう》され、帆は千切れ、帆柱は折れて、

「道節、大丈夫かーッ！」

「ここだ、信乃、お前こそ大丈夫か!?」

という二人の互いにはげまし合う言葉を残し、アッという間に水平線の彼方へと姿を消した。


玉梓が怨霊の呪いにより、相模灘に突如嵐が吹き荒れてから、時が流れて――

信乃と道節が乗った舟は、難破船と姿を変え、岩だらけの海岸に打ち上げられた。

そばには、気を失って倒れている信乃の姿。

と、そこへ――現われたのは、むくつけき大男と、ひとりの娘。

「リョンピン、難破船らしいぞ……」

リョンピンと呼ばれた娘は、その名の如く異国の娘、その服装からはどうやら中国人らしい。

とすれば、ここはいったいどこなのか⁉


むくつけき大男は、倒れている信乃のそばに寄ると、腰の刀に目をやった。

「うむ、若いのに似あわず、立派なものを持っているようだ」

と言いながら、信乃の腰から刀を抜いて、さやを払えば――

太陽の光を受けて、キラリと光る刃。切っ先には、露を宿して玉と散り、打ちふる時は水滴となってほとばしる名刀村雨！

大男は、しばし抜き放った名刀に見ほれていたが、

「いざ、切れ味を試さん！」

と、大上段に振りかぶり、倒れている信乃めがけて、一刀両断――

　というその時、

「ああだめ、この人は生きている、切ってはいけない！」

　と、叫んでリョンピンと呼ばれる娘が、刃の下に身を投げた。

「うるさい！　生きている人間を切るから、試し切りなのだ、邪魔だあ！　そこのけッ！」

　大男は、娘を足蹴《あしげ》にした。

「キャーッ！」

　この娘の悲鳴で、信乃はようやく正気にかえって、目をパッチリ。いきなり空を切ってふりおろされた切っ先を、サッとかわした。

「なにをするッ！　おお、それは……俺の村雨！」

　立ち上がろうとしたが信乃、正気にかえったばかりで、腰がさだまらない。

「はッはッは、小僧、覚悟しろッ！」

　大男は、なおも切りかかる。

　絶体絶命となった信乃は、その時、ふところの珠に気がつき、しっかり握りしめると、伏姫と役の行者の加護を心に念じながら、高く捧《ささ》げた。

　折しも、サンサンと輝く太陽の輝きが、その珠に反射して、鋭く大男の目をば射る！

「ああーッ！」

そのまぶしさに、思わずのけぞる大男——

この機を逃がさじと、信乃は、石つぶてを大男の眉間めがけて、発止とばかりに投げつければ、

「ギャオーッ！」

眉間は割れて、赤い血がドックドック。

信乃は、ふらつく足をふみしめ、渾身《こんしん》の力をふりしぼって、大男から村雨をもぎ取るや、

「いで悪党め、思い知れッ！」

太刀風一閃、真っ向唐竹割り、大男は虚空をつかみ、目ん玉ひんむいて、ドドーッとばかりに倒れた。

あまりのおそろしさに、先程からうちふるえていた、リョンピンと呼ばれる娘は、

「大変なこと、あなたは蛾多丸《がたまる》を殺した、早く逃げなさい、早く……」

「この男は蛾多丸というのか」

「仲間に仕返しされる、あなた殺される、だから早く……」

信乃は、手にした村雨を、娘に見せて、

「おれは、こいつを殺してはいない、今のは峰打ちだ、そのうち息を吹き返す」

ほっと安心して、リョンピンのほおに血の気がよみがえり、口もともほころぶ。

「ところで、お前の名は……？」

「私の名はリョンピン」

「リョンピン……？　変わった名前だな」

「私は、この国の人ではない」

「ええっ、この国というのはどこなんだ、ここはどこだ……相模か、伊豆か？」

「ここは、熊野」

「なにいーッ!?」

驚く犬塚信乃――そりゃそうだろう、嵐にあったのが三浦半島の沖。そこから流れ流れて、なんとたどりついた所が、紀伊《きい》の国の熊野。つまり神奈川県から和歌山県まで流されたわけ。

「ずいぶん遠くまで来ちまったんだなぁ」

思わずため息をつく信乃のかたわらで、リョンピンがつぶやいた――

「私も遠くから来た。もっともっと遠くから……」

「もっと遠くからだって、どこ？」

「明《みん》から、私は来た」

「ええっ!?」

又々、驚く信乃。

さて、中国大陸は明の国から来たというこの娘、なにやら深い事情がありそうだが、はたしてどのような身の上なのやら……？

十五 信乃鬼ヶ城へ乗り込み、異国娘の救出を図る

エー、鎌倉末期から室町時代にかけまして、北九州や瀬戸内海から、遠く中国大陸、朝鮮半島の沿岸あたりまで押し渡って、各地を荒らしたり、密貿易をする海賊の集団がありました。

向こうの人たちは、この海賊たちを「和寇《わこう》」と呼んで、非常に恐れたといいます。まあ、東洋のバイキングといったところでしょうナ。閑話休題。

どういう事情からか知らないが、はるばる海の向こうの明の国からやって来たという娘リョンピン――

遠い海のかなたを見つめ、その目にはいっぱい涙を浮かべてた……やがて、

「わたし、和寇にさらわれて来た……」

と、ポツリひとこと。

「えっ、和寇にさらわれたって？」

「そして……売られた。わたしを買ったのは蛾多丸……あの男も海賊の仲間……」

泣きじゃくりながら、リョンピンは言葉を続けて、

「わたしは、もうすぐむりやり蛾多丸のおよめさんにさせられる……ああ、帰りたい、ふるさとへ、明の国へ……」

海を見つめるリョンピンの、長いまつ毛のその先に、露をふくんで玉となり、ほろりころげて涙雨。

このリョンピンの身の上話を聞いて、最初はビックリ仰天した信乃も、やがて、はらわたが煮えくりかえり、

――この人を、蛾多丸の嫁になど、させていいものか！　なんとかして、救い出してやらなければ……

持って生まれた正義感、曲ったことの大嫌いな犬塚信乃、ここで考えた。

――今すぐ力ずくで、ここからリョンピンを連れ出すのは、得策ではなさそうだ。それに気になることが一つある……一緒に舟に乗っていた犬山道節のゆくえだが、もしやこの近くの浜に流れついているのでは……

あれを思い、これを思った末に、信乃は、しばらくここにとどまって様子をみるこ

とにした。そして、リョンピンに案内させて、海賊のすみかへと向かった──

ここは、熊野の鬼ヶ城《おにがじょう》、海賊のすみかである。

その名の通り、鬼が築いた城のように見える、岩だらけの海岸で、ひときわ深い洞《どう》窟《くつ》は名づけて千畳敷《せんじょうじき》。

ここを根城にする海賊の首領は、蛾多丸に輪をかけたような雲をつく大男で、その名を漏右衛門《もりえもん》──

「お前は、わしの弟分の蛾多丸の眉間を割り、峰打ちで気を失わせたらしいが、若いに似合わず腕もたしかで、度胸もある。どうだ、わしの片腕になって働かぬか？」

言われた信乃、先程の思惑もあるので、海賊の手下になったふりをすることにして、

「では、しばらくここでご厄介になろう。よろしく頼む漏右衛門殿」

「そうか、よく決心をしてくれた」

漏右衛門は大喜びだが、それにひきかえ仏頂面は蛾多丸、

「ふん、お前のような若僧に、海賊がつとまるもんか！」

とかくするうち一夜は明けて──

信乃は、リョンピンとの結婚をあさってにひかえて上機嫌の蛾多丸に、

「ちょっと聞きたいことがあるんだが……」

「なんだ、先輩に海賊の心得でも聞きたいのか？」

「そうじゃない、お前はいったいいくらで、あのリョンピンを買ったんだ？」

蛾多丸、ジロリと信乃の顔を見て、

「フン、妙なことを聞くじゃねえか。そうさな、あの小娘の値段は、銭十貫文《かんもん》さ」

「なに、たったの十貫文で!? では、蛾多丸、もし銭十貫文お前に渡せば、あの娘を自由の身にしてやるだろうな」

「なんだ、そう言うお前さん、銭十貫文持ってるのかよォ？」

「……」

「そういう質問は、まず銭を並べてから、聞けってェんだ！」

一文無しの信乃、ハタと困って、グウの音も出ない。

「ハッハッハ、銭もねえくせして、余計なこと聞くんじゃねぇ。新入りは新入りらしく、黙って働きやがれ！」

と、蛾多丸の捨てぜりふ。

――なんとかしてやりたい……してやらなくちゃならない、だが、今おれにはリョンピンを自由にしてやる金もない。ああ、こんな時に、智恵者の道節がいてくれたらなあ……

信乃が、こんなことを考えていた、その時、

「おっ!?」

向こうに見える岩の洞窟、その入り口のあたりに、チラリと動くものが――

「なんだ、鳥か、けものか……あるいは人かな?」

信乃が、ジッと目をこらすと、又チラリ。

「うん、どうやら人らしいが……おおっ、あれは道節!!」

信乃は、一目散に洞窟めがけて走り出す。

「道節、道節、どこにいるんだ、返事をしろ!」

昼なお暗い洞窟の中。

「おかしい……たしかに、さっきの人影は道節だったのだが……」

――と、その時、洞窟の奥からトントンという音がする。目をこらして見ると、暗闇に人の影が……

「おお、そこにいたのか、どうして返事をしないのだ」

暗闇の中の道節は、一枚の紙を差し出した。入り口から差し込むわずかな光にすか

して見ると、

「嵐の海で、塩水飲み、のどを痛めて声が出ない――そうか、そうだったのか、実は俺はな……」

信乃は、この鬼ヶ城に流れついたいきさつと、哀れな娘リョンピンのことを、道節に語って聞かせた。

「とりあえず、銭十貫文あれば、娘を自由にさせられるのだが、道節、なんとかならぬか？」

すると、道節はふところをまさぐって、袋を取り出した。

「なんだ、これは……？」

信乃は、その袋の中をのぞいて見て、ビックリ。それは、キンキラキンに光る砂金だった！

「こ、これを使ってもいいのか!?」

道節は、だまってこっくりとうなずく。

「ようし、さっそくこの砂金の袋を蛾多丸の面に叩きつけて、あのリョンピンを助けてやろう」

喜び勇んで信乃、洞窟から出て行けば、暗闇の中の道節のからだは、見る見るうちに小さくなって、なんと、なんと、それは一羽の烏となった！

しかも、その烏の体内から現われたのは、あのおぞましき怨霊の姿!!

「われこそは玉梓が怨霊……」

玉梓が怨霊の仕掛けたワナとも知らず、信乃は、砂金の入った袋を持って蛾多丸のところへ——

「おい、蛾多丸、これだけあれば文句あるまい、さあ、リョンピンを自由の身にしてやれ！」

と、信乃は、蛾多丸の目の前に、砂金の袋をグイと突き出す。

「なんだ、こりゃ……」

袋の中をのぞいて、蛾多丸は驚いた。

「こりゃ、ただの砂じゃねえか。お前、気でも狂ったのか！」

言われて、こんどは信乃が驚く。

蛾多丸の言う通り、袋の中は砂金にあらず、ただの砂。

「これはどうしたこと……!?」

呆然たる犬塚信乃。そのスキに、蛾多丸は信乃の腰から、サッと村雨を奪い取った。

「な、なにをするッ！」

「この前は、お前を甘く見て不覚をとったが、今日はそうはいかねえやい」

蛾多丸、村雨を抜いて構えれば、その背後の薄暗がりに、いつのまに現われたのか玉梓が怨霊……

「さあ、切れ、蛾多丸……その若僧を叩き切れッ！」

怨霊にそそのかされ、蛾多丸、ますます調子にのって、

「ええーいッ！」

割れ鐘のような気合いもろとも、村雨を振りおろせば、危機一髪！

信乃は、体《たい》をかわして間一髪！

「やあッ！」

空を切ってよろめく蛾多丸の小手を、手刀でポンと打てば、ポロリと村雨を落とした。

信乃、それをサッと拾って、大上段に振りかぶれば、たちまち立場は大逆転！

「それほど村雨が欲しけりゃ、お前のからだで受け取れ！　やあーッ！」

真っ向ミジンに振りおろせば、肩先からズンバラリンと切られた蛾多丸、声も立てずに倒れてそれっきり。

「ええいクソ、なんと頼りにならぬ海賊め！」

歯がみしてくやしがる玉梓が怨霊。

折しもその時――

海賊たちの吹き鳴らすホラ貝の音。

獲物発見の合図で、海賊たちは船にとび乗り、沖をめざして出て行く様子。

「これぞ天の助け！　今のうちにリョンピンと逃げ出そう」


かくして犬塚信乃は、リョンピンを連れて、鬼ヶ城を抜け出すことができたが、二人の前途は多難。

明の乙女リョンピンの運命は……？

そして、信乃の運命はいかに……？

十六　鯨の腹からも助っ人、現われ見事海賊退治

犬塚信乃が、異国の娘リョンピンを伴ってやって来たところは、南国は紀伊の国の太地《たいじ》という漁師町。昔から鯨とりで有名なところだ。

折から日も西に傾き、二人は、とあるはたご屋に入ったが、信乃は一文無し。泊まることにはしたものの、どうしたものかと思案しているところへ、

「ごめんください。ご挨拶がおくれましたが……」

と、顔を出したのは、はたご屋のおかみ白打《やわら》。

信乃は、何もかもぶちまけて相談してみようと、

「実は、これこれしかじか……どこか働くところがないだろうか？」

おかみに、つつみかくさず打ち明けた。白打は、客が無一文と知っても、顔色も変えず、

「もしも、力仕事でもいいとわずにおやりになるなら……」

「いとうものか、どんな仕事でも！」

「では、鯨の割き手をなさいませ。近頃はどういうわけか大漁続きで、人手がなくて大さわぎ、きっといいお金になりますよ」

と、親切に教えてくれた。


そのあくる朝――

信乃は、おかみから仕事着を借り、名刀村雨をリョンピンに預けて、鯨の解体場へとやって来た。

「割り手になりたいというのは、おまはんかいな。名前は……？」

「うーん、シ、シノ平《へい》だ」

「よし、それじゃ、さっそくこの鯨包丁でやってもらおう」

親方から手渡されたのは、まるでナギナタみたいな、ながーい包丁。

信乃は、見よう見まねで、その鯨包丁を一頭の鯨の腹に、グサリと突き刺し、えいやと切り開くこと二度、三度。やっと、厚い脂肪が切り割かれて、ドバドバドバーッと、あふれ出るはらわた。その量のものすごいこと！

と、その時――

「おおーッ⁉」

小山のような鯨の、その腹の中から、はらわたと一緒に飛びだしたものがある！

それは、鬼か！　蛇か！　はたまたゴジラか⁉

血にまみれ、脂にまみれて、鯨の体内より現われ出でたるものは、なんと⁉　なんと⁉

犬山道節ではないか‼

「おお、道節！　こりゃいったいどういうことなんだ？」

驚きあきれる信乃に、

「話は簡単。拙者、しばらく鯨の腹の中に、滞在しておったのさ。お前さんと一緒に難破した舟から投げ出され、大海《おおうみ》のまん中で、アップアップしているところを、この鯨にのみ込まれたのだ……」

とはまあ、シンドバッドそこのけの大冒険。

「鯨にのみ込まれたという話は聞くが、のみ込まれたらさいご、半日もたたぬうちにドロドロにとかされて、骨だけになるはずだが……」

まるで信じられぬといった顔つきの漁師たち。道節は、

「いや、拙者も、鯨の腹の中で、何度もうだめかと思ったことか。そのたびに、この珠をグッと握りしめれば、不思議な活力が全身にみなぎり、生きのびることができたのだ」

と言いながら、握りしめていた右の手を、グッと突き出し、パッと開けば――

おお、忠の一字の浮き出る珠は、日の光を受けて、さん然と輝き渡る。


この不思議な再会に、信乃は驚くやら、あきれるやら……

なにはともあれ、道節を連れて、はたご屋へ引き返す。途中、信乃は道節に、リョンピンのこと、にせの道節にだまされたことなどを話した。

はたご屋に帰ると、おかみの白打がニコニコ顔で出迎えて、

「お客さま、もう働かなくてもようござんすよ。こんなにお金が……」

帯のあいだからさし出す金一封……

「なんだ、その金は？」

「娘さんに預けなすった刀を、私が売ってお金にしてあげたんですよ」

「えっ！　村雨を……だれに売ったのだ!?」

「鯨とりの親方の東六左衛門《とうのろくざえもん》……」

こともあろうに、あの村雨を無断で人に売り渡すとは！

信乃と道節は、その名を聞くと、はたご屋を飛び出した。


親方の六左衛門は、太地の丹鶴寺《たんかくじ》という寺の境内にいた。

息せき切って、かけつけた信乃と道節、

「シーッ、静かに！」

と、六左衛門にたしなめられる。

二人は、その境内で、まことに異様な光景を目にした——

畳を敷き並べ、その上に威儀を正して座る、白衣姿の八人の侍。しかも、そのひとりひとりの前には、白木の三方が置かれ、そこに短刀がひとふり……

信乃も道節も、思わず息をのんだ。

「切腹だ！　あの八人は、切腹しようとしているんだ……」

「うむ」

互いにうなずき合う二人。

——と、その時、侍の中の一人が立ち上がり、

「冥土《めいど》への旅立ちの時が来た。この蟇崎照文《あまざきてるぶみ》が介錯《かいしゃく》つかまつるによって、安んじて腹を召されよ……はるかなる安房の国館山、里見城主里見義実様、お許しくだされ。今、われらその責を負って、死出の旅路につきまする」

さあ、驚いたのは犬塚信乃と犬山道節である。里見家ゆかりの人たちと聞いては、だまって見逃すわけにはいかぬ。しかも、蟇崎照文と名乗る侍が手にしている刀は、見まがうことなき名刀村雨……

「あいや、しばらく、しばらく……」

「しばらく待たれいッ」

と、叫びながら、信乃と道節はかけ込んだ。

「どなたか存ぜぬが、おとどめなさるな……」

「いや、拙者たち二人も、里見家ゆかりの者……切腹なさるわけを聞きたい」

問われて蟇崎照文、

「それでは、申し述べよう……」

と、語って聞かせたそのわけは――

その頃、京の都は天候異変続きで、三年越しの大飢饉《ききん》。

それに加えて、名にしおう応仁《おうにん》の乱で、都はまさに地獄絵図そのまま。

人情に厚い安房の里見義実は、その話を聞いて、京の人たちに義捐金《ぎえんきん》と見舞い品を送ることにしたが、それを運ぶ役に選ばれたのが蜑崎照文ら二十人の侍で、船で館山を出発した。

ところが、途中熊野の沖で海賊に襲われ、金も品物もすべて奪われて、あとかたもなし。

そこで、殿への申し開きに、やっと生き残った八人の面々が、いざ切腹ということになったという次第……

この話を聞いた信乃――

「うぬ、その海賊は鬼ヶ城のやつらに違いない……」

一方、道節は、

「切腹するだけが武士の道ではないはず。蜑崎殿、なぜ力で奪い返そうとなさらぬ！」

漁師の親方六左衛門も、

「そう、私もな、この方たちに死ぬことはないとお止めしたのだが……どうしても切腹なさると言うので、せめて介錯の時にと、手に入れたばかりの名刀を、お貸ししたのです」

信乃は、

「そうか、それで何もかもよくわかった。俺たちも加勢して、海賊と戦おう！」

「そうだ、それにわれわれには、これがある……」

道節が、ふところに手を入れて、さし出したのは、あの不思議な珠。信乃も続いて、ふところより珠を出す。

「おお、それが噂に高い不思議な珠か……」

と、蟹崎照文ジッと見つめる。


さて、話は進んで――

ここは、はたご屋の客座敷。信乃と道節、それに蟹崎照文の三人が、海賊と戦う相談の真最中。

そこへ、鯨とりの親方の東六左衛門がやって来て、

「みなさん、わしら鯨とりも、みなさんに味方して、海賊退治に一役買うことに決まりました」

「おお、それはありがたい！」

さらには、海賊たちの根城である鬼ヶ城の地理にくわしいリョンピンも加わって、いよいよ作戦会議。

そのあくる日――

いよいよ、海賊共との決戦の時は来た。海上からは、犬山道節のひきいる鯨とりたちの水軍が、陸からは、犬塚信乃のひきいる里見家の面々が、それぞれ鬼ヶ城をめざして突き進むという手筈《てはず》をととのえて、まずは、オトリの船を一そう太地の港から沖に出す。

「おおッ、船だぞォー。どうもあまり見かけぬ船だが、荷物がいっぱい積んであるようだ。野郎共ッ、それ行けぇ！」

たちまち騒然たる鬼ヶ城――漏右衛門の号令を受け、沖の獲物をめざして、急ぎ漕ぎ出す海賊船。

だが、獲物の船の逃げ足の早いこと。追いつ追われつ二そうの船は、見る間に鬼ヶ城から遠ざかる……

かくして、海賊船をできるだけ遠くへ誘い出す、オトリ作戦はまんまと成功！

鬼ヶ城が手薄になったすきをつき、好機到来とばかりに、道節のひきいる鯨とりたちの船又船がドッとくり出した！

「しまった、はかられしか！　野郎共ッ、残っている連中は、千畳敷にたてこもれーッ」

漏右衛門も、迎えうつ仕度怠りなし。

一方、こちらは陸づたいに進む、信乃のひきいる里見家の武士の面々。先頭を行くのは、案内役のリョンピンだ。

「こっちだよ、シノ！　そこはすべる……アブナイ！」

だが、さすがに難攻不落の鬼ヶ城――

あと一歩というところで、陸からの攻め手も、海からの攻め手も、ぴたり足が止まった。

断崖絶壁のその中途に、やっと人ひとり通れるほどの細い道。身軽な猿さえも恐れをなして引き返すような難所。

この〝猿戻《さるもど》り〟を見おろす岩の上で、海賊の首領漏右衛門が、鉄砲を構えている。

「ハッハッハッ、わずかの人数で、この鬼ヶ城に攻め寄るたァ、片腹痛いわい」

漏右衛門が笑えば、鬼ヶ城の千畳敷の奥からも、気味の悪い笑い声。

「ふわッふわッふわッ」

これぞ、玉梓が怨霊……

——うむ、このまま時を過して、折角おびき出した海賊船が戻って来ては、ことがめんどう……

と、海上の犬山道節、いきなり着物を脱ぐや、刀を背にくくりつけ、肌身離さぬ守り袋……中の不思議な珠をしっかと握り、

「役の行者よ導き給え、伏姫よ守り給え……」

心に念ずるや、ザンブとばかり海の中へ——

しばらくたつと、ザァーッと吹き上げる潮の勢いにのって、道節の姿は千畳敷の岩の上におどり出た！

驚いたのは、漏右衛門とその一味だ。

思いもかけぬところから、いきなり姿を現わしたから、鉄砲を構えなおすひまもあらばこそ、背中の刀を抜いて切りかかる道節の姿に、思わず立ちすくむ。

「それ今だ！　この機を逃すな！」

信乃を先頭に、里見家の侍たちもいっせいに、猿戻りもなんのその、千畳敷めがけて突き進んだ！

「えいやッ!」

当たるを幸いなぎ倒す侍たち……

海の上ではめっぽう強い海賊共も、陸《おか》に上がった河童《かっぱ》で、意外にもろかった。

戦いすんで日は暮れて――


ここは太地の港。信乃や道節、それに鯨とりたちの活躍で、海賊たちから奪い返した品々を積み込んだ船が、改めて浪花《なにわ》へ向けて出帆するところ。

生まれ故郷の明の国へ帰りたいというリョンピンを、信乃も一緒に浪花まで送ることにした。

「信乃よ、まさかお前も明へ渡るのではあるまいな……われらには、同じ不思議な珠を持つ仲間をさがす、だいじな使命のあることを忘れるな。それに、浜路がいることも……」

「道節、お前は船に乗らんのか?」

「乗らぬ。拙者は修験者だ。近くまで来ながら、熊野権現へ詣《もう》でなければ、気がすまぬ」

かくして――

犬塚信乃はリョンピンと共に海路を浪花へ……
犬山道節はこれより熊野権現へ……
再び別れ別れになる二人であった。

十七

車押す手に心の証し、判官照手のめおと鑑

お話変わって――

お江戸日本橋《えどにほんばし》七ッ立ち、東海道の松並木を西に向かって急ぐ、一人の若者がいた。見るからに、みすぼらしいその身なり。煮しめたような手拭《てぬぐい》の、そのほっかぶりの中をのぞいてみれば――

おお、なんと犬阪毛野！

かつては、女田楽の一座の花形をつとめ、女と見まがうほどの色男毛野が、なんで又、乞食《こじき》姿に……

そのわけは――思うところあって、関東管領扇谷定正の奥方、蟹目《かなめ》の方《かた》にうまく取り入った毛野。奥方に頼んで、管領の近習《きんじゅ》に登用してもらおうとしたのだが、その条件として、蟹目の方から殺し屋を頼まれた。

「殺す相手は小栗判官孫五郎《おぐりはんがんまごごろう》！」

この名前を聞いて、毛野は驚いた。亡き父の親友であった人……

毛野は、殺し屋どころか、命をねらわれていることを、当の小栗判官に少しも早く知らせねばと、乞食姿に身をやつし、その名も相模小僧《さがみこぞう》と変えての急ぎ旅。

その行く先は、相州藤沢《そうしゅうふじさわ》の遊行寺《ゆぎょうじ》――

さて、ここはその相州今の神奈川県、藤沢の宿《しゅく》にある遊行寺である。

秋草深いその境内に建つ庵《いおり》に、人目をしのんで住むのは、前の常陸《ひたち》の国小栗城主、小栗判官孫五郎と、その身の回りの世話をしている照手《てるて》姫。

「関東管領扇谷定正に、謀反の疑いかけられて、城を攻め落とされるまでは、小なりといえども一国一城の主……それにひきかえ、今は草むす庵に貧しい暮し……」

「判官さま、たとえ貧しかろうと、あなたとご一緒ならば、照手は少しもいといませぬ」

――と、そこへ現われたのは、相模小僧こと犬阪毛野。

「なにものだッ!?」

小栗判官、油断なく身構える。毛野は、

「前《さき》の石浜千葉家の家老、粟飯原胤度が一子犬阪毛野と申します」

「なにッ、粟飯原殿の……たしか粟飯原殿の一族は、馬加大記のために一人残らず殺されたはずだが……」

「はい、わけあって、私一人、相模の国犬阪《いぬさか》の里にいて、難をまぬがれました」

「そうであったか。そなたの父とは、兄弟同様の仲であったが……」

小栗判官は、懐しげな面持ちで、

「それにしても、私がここにいることをどうして？」

毛野は、女の姿に変装して、仇の馬加大記を討ったこと、蟹目の方にうまく取り入って、管領の近習を志願したことなどを、くわしく語って聞かせた。

「なにッ、それほどまでして、そなたは扇谷定正に仕えたいのか！　なぜに？」

「はい、仇の馬加大記は殺したものの、それを陰で操る男が、管領であることを知り、憎き扇谷定正を討つため、ぜひともそばに近づこうと思いまして……」

「うむ、そうであったか」

と、健気《けなげ》な毛野の心根に感じ入る小栗判官。

「……ですが判官様、蟹目の方は、私にあなたのお命を奪ってきたならば、近習に取り立てると……」

「なにッ、それでは蟹目の方は、私がここにかくれ住んでいることを……」

「勿論《もちろん》、管領方《がた》は、何もかも知っていますとも。判官様、ご用心なさりませ」

「うーむ、執念深い管領め!」


だが、その時すでに——

小栗判官の命をねらう、ほんものの刺客が、庵の中に忍びこみ、毛野と判官の話をすっかり聞いていた。

毛野が、万一殺しに失敗した場合にと、管領方が放った刺客、プロの仕掛け人である。

そんなこととは、露知らぬ身の犬阪毛野と小栗判官の二人。

「なにはともあれ、まずはそなたとのめぐり会いをよろこんで、祝いの酒にしよう。照手よ、酒の仕度を……」

「はい、すぐに」

酒を取りに奥へ行く照手姫。

と、その時——いつのまにか天井裏にもぐり込んで、ジッと下の部屋の様子をうかがっていた仕掛け人、なぜかニヤリとほくそ笑む。

「さあさ、とっておきのお白酒です。どうぞ……」

照手姫のお酌で、まずは乾杯……

だが、毛野はその酒を一口ふくんで、吐き出した。

「おかしい、舌がしびれる！　判官様、この酒には毒が！」

だが、時すでにおそし！　酒をすっかり飲み乾した判官は、のどをおさえて悲鳴を上げた――

「う、うーッ!!」

「あ、あなた、判官さま、どうなさいましたッ!?」

驚く照手姫。判官の顔は、みるみるうちに土気色になり、七転八倒の苦しみ……やがて、虚空をつかんでのけぞったかと思うと、それっきり動かぬ人となった。

この騒ぎを、天井裏のすき間から、眺めていた仕掛け人――

「ふッふッふッ、首尾は上々……ほんのわずかなすきを盗み、台所であの酒に毒を仕込んでおいたのよ。さっそく、管領様に報告して、たんまりほうびをもらうとするか。それに、あの相模小僧とやらの正体も、蟹目の方にバラしてやらねば……」

一方、倒れて動かぬ判官のからだに、すがって嘆き悲しむのは、哀れ照手姫。毛野も、ただ手をこまねくばかり。

「ああ、どうしましょう！　お医者さまを呼ぼうにも、世間にかくれて住む身の上……」

照手姫が、涙にかすむ目をふと上げると、そこにいつ現われたのか、坊さん姿の老人が……

「お坊さま！　お願いです……息を引き取った判官さまのために、お念仏を！」

すがる気持ちで照手姫。すると、老人は、

「判官は死んではおらぬ。毒がからだに回り、手足が動かず、目も見えず、口もきけぬが、死んではおらぬぞ……」

「ええっ⁉」

「照手姫よ、そなたに判官を思う心があれば、必ず判官のからだは、元に戻る……はるかに西、熊野の一日に七色変わる湯につかればなおる。ゆめゆめ疑うことなかれ……」

重々しく言い終えて、消えんとするその老人の姿を、よくよく見れば――

「おお、ありがたや、役の行者さま！」

一夜は明けて、朝まだき――

その二人のあとを、見えがくれしながらついて行くのは、鳥追い女の姿に身を変えた犬阪毛野。

もはや、蟹目の方のもとへ帰ることもならず、せめて、箱根の山を越えるあたりまで、判官たちを見守ってやろう、との心づかいであった。

手押車に、からだの不自由な判官をのせ、それを押して、はるばる熊野をめざす照手姫の姿……

冬も間近で、街道にはもう木枯らしが吹き始めたというのに、車を押す照手姫の額には玉の汗。その姿を見ながら、なぜ毛野は手を貸してやらぬのか――と、さぞや読者の中には、義憤にかられる向きもあろうが、あの役の行者の言葉を思い出していただきたい。

「そなたに判官を思う心があれば……」

その思う心を、今、照手姫は精一杯にあらわしているわけで、余計な手助けをしては、かえって彼女の心の証しの邪魔になる――と、まあここまで毛野は深く考えていたわけ。

途中何事もなく……と言いたいところだが、箱根の宿でとんだ事件が出来《しゅったい》した。

こういう時になると、なぜか決まって現われる、あのさもしい浪人網乾左母二郎《あぼしさもじろう》。どこでかぎつけたのか、小栗判官の身もとを知って、恐れながらと代官所へ訴え出たのである。

押っ取り刀《がたな》で宿に踏み込む代官と捕り方たち。

だが、鳥追い女の姿に化けて、となりの部屋に泊まっていた犬阪毛野が、いち早く危機を察して、手足の動かぬ小栗判官を背中に背負って、宿を抜け出した。

「御用！　御用だ！　小栗判官はどこにいる！」

ふけゆく夜に、静まりかえっていた湯の宿は、突如上を下への大騒ぎ。

そして、ああ、逃げおくれた照手姫だけが、左母二郎につかまってしまったのである。

「さあ、小栗判官はどこへ逃げたか、言え！」

「私は知りません」

「言わぬと痛い目にあわすぞ！」

相変わらず、やることが悪どい左母二郎。照手姫のみずおちに当て身を一発、ぐったりとなったところを肩にひっかついで、あとは野となれ、山となれ、宿をスタコラ逃げ出した。

さて、こちらは小栗判官を背負って、山道を急ぐ女姿の毛野――もうすっかり夜《よ》も明けて、見れば向こうに一軒の茶店。

「やれやれありがたや、あの茶店で一休み……判官さま、もう少しの辛抱ですよ」

茶店のお婆さんは、

「おやまあ、娘さんが男の人を背負って、いったいどうしなすったたね？」

「はい、今は申しあげられませんが、深いわけがあって……この方は身分のあるお方。病気ですっかり弱っています。一休みさせてください」

「それは気の毒に。では、奥の座敷にふとんを敷いてあげようほどに……」

親切なお婆さんは、何くれとなく面倒をみてくれる。

「お婆さん、私はこの方の連れをさがしに行かねばなりません。お願いです。私が戻るまで、どうぞこの方のお世話を……」

「ええ、いいですよ。安心していってらっしゃい。どうやら、この分だと雪になりそうだ。このかさをかぶって行くがいい」

あとを頼んで毛野、おもてに出れば、はだを刺すような冷たい風、やがて箱根の山道にチラチラと白いものが舞いおりてきた。

そのころ、毛野がさがす相手の照手姫は、人目につかぬ街道脇の炭焼小屋で、あわれ荒縄でグルグル巻きに、しばり上げられていた。

だが、そこに左母二郎の姿は見えぬ。

どこまでもしつこい左母二郎、降りしきる雪の中を、小栗判官の姿をさがしに出かけたのであったが、そこで、犬阪毛野とバッタリ。

「おいッ、娘！　ここに来る途中、からだの不自由な男に出会わなかったか？」

呼びかけられて足を止めた毛野――

「箱根の宿に、小栗判官がいることを役人に密告したのは、お前さんの仕わざだね」

「うむ、そこまで知っているお前は……さては、判官を連れだしたのはお前だな！　さあ、小栗判官の居場所を言え！　かくし立てするとためにならぬぞ！」

言うが早いか左母二郎、刀を抜いて切りかかる。

女に化けているとはいえ、犬阪毛野は武芸十八般に通じて、抜群の腕前。サッと体をかわすと、かくし持ったる短刀のさやを払って、ガッキと受け止めた。

「ふん、味なまねしやがるじゃねぇか！」

左母二郎、なおもダンビラ振りかざして、切りかかる。毛野は短刀、しかも降り積った雪で足場が悪く、持てる力の半分も出せないまま、次第に追い詰められた。そして——

「しまったッ！」

毛野は、雪にかくれた岩につまずき、アッという間に、千尋の谷へ落ちた。

十八　雲の切れ間月のぞき、妖怪の正体見えたり

照手姫は、荒縄でグルグル巻きにされて、炭焼小屋に――それをさがしに行った犬阪毛野は、足を踏みはずして谷底へ――と、これでは悪が栄え、善が滅びる筋立てばかり。

おまけに、左母二郎のいないすきに、箱根の街道筋に悪名高い雲助が二人、炭焼小屋へやって来た。

「キャーッ！」

照手姫の悲鳴をよそに、雲助たちは猿ぐつわをかませると、かごに乗せて、エイサ、ホイサ。どうやら、三島《みしま》あたりまで運んで、売りとばす算段らしい。

雪の山道を、小田原提灯《おだわらぢょうちん》ぶら下げて急ぐ、雲助のかご。

――と、そのかごがぴたりと止まった。

「おい、相棒、どうしたい？」

「見ろ、あそこに娘が倒れている！」

雪の中に気を失っているのは、娘姿の犬阪毛野！

谷底へ落ちたはずが、運よく九十九折《つづらおり》の山道へ落ちたのだった。

「へへ……ついでだ、この娘も一緒に売りとばすとしよう」

雲助は、気を失ったままの毛野を、かごに押し込むと、再びエイサ、ホイサ。

ああ、人間万事塞翁《さいおう》が馬、禍福はあざなえる縄の如しとか！

雲助のお陰で、毛野と照手姫は一つかごの中で、めぐりあうことになったのである。

照手姫は、いきなり目の前に押し込まれた女の人を見て驚いた。娘姿をしているが、藤沢《ふじさわ》の遊行寺《ゆぎようじ》であった犬阪毛野に違いない。

毛野ならば味方と、ホッとした照手姫は、しばられて自由のきかぬからだを動かし、ひざで毛野をトントンと突っつく。

やっと気がついた毛野、かごの中でキョロキョロ。その時、ドスンとかごが降ろされたところは――

ああ、因果はめぐる糸車、とかくこの世は風車……小栗判官が、お婆さんの介抱を受けて休んでいる峠の茶店の前。

「相棒、甘酒でも飲んで、一休みといこうぜ」

「よしきた」

雲助たちが、茶店でゆっくり甘酒を飲んでいるすきに、毛野は照手姫の縄をほどいてやり、二人はまんまとかごの外へ。代わりに、大きな石を二つかごに入れておいた。

それとは知らぬ仏の雲助さん、

「さあ、出かけるとするか。甘酒代は、たんまり金が入ったら、払ってやるぜ」

「この娘たち二人を売りとばしたらな、へへ……」

と、石ころ二つのせたかごをかついで、エイサ、ホイサ、コラサノサ。


照手姫は、判官の休む茶店の座敷へかけ込み、

「判官さま！」

その声に、小栗判官は見えぬ目に涙を流し、つぶれた声で、

「おお、照手よ……照手姫よ！」

「このたびは、女に姿を変えた犬阪毛野さんが、私たちを助けてくださいました。この先も又どんな辛い事が待ちうけているかもしれません。でも、私は、かならずや判官さまを、熊野までお連れします……」

かくして、毛野の活躍で難を逃れた判官と照手姫は、毛野と別れ、箱根を越えて一

路熊野の湯《ゆ》の胸《むね》温泉へ。

一方、犬阪毛野は、管領扇谷定正を討たんとする大志を胸に秘め、危険をもかえりみずに、再び鎌倉へと引き返すのであった。


さて、舞台は変わって――

ここは下野《しもつけ》の国、今で言うなら栃木県の足尾《あしお》の里。

その西のほうにそびえるのが庚申山《こうしんざん》。里人たちのあいだでは、妖怪変化が出るという噂で、めったに近づく人もなく、大変に気味の悪い山。

今しも、はるかにその庚申山を望む茶店の床机に腰をおろしているのは、われらが伏姫ゆかりの八犬士の一人犬飼現八である。

庚申山に、犬村角太郎《いぬむらかくたろう》と名乗る男が住み、武芸の稽古《けいこ》に励んでいるという話を伝え聞いて、もしや同じ八犬士の仲間の一人ではと思い、はるばる足尾の里までやって来た。

「爺さん、あの庚申山へ行く道を教えてくれ」

「えっ、旅の人が庚申山へ行くなんて……およしなさいよ、土地の者だってめったには近づきませせん」

「でも、犬村角太郎という人が、あの山に住んでいるんだろう？」

「あれは例外でございますよ。それに、今日あたり角太郎さんは、山をおりて来なさるかも……なにしろ結婚式でございますから」

「では、角太郎さんという人が婚礼を？」

「いいえ、父親の赤岩一角《あかいわいっかく》さんが、八人目の奥さんの舟虫さんと、結婚なさるので……」

なんと！　なんと！　あの悪女舟虫が、又々こんなところに現われようとは!?


ところで、名字に犬の字がつく犬村角太郎という男、現八ならずとも気になる人物だが、ここでちょっとその身の上や、赤岩一家のことについて触れておくと――

角太郎は、この地方に勇名をとどろかす武芸の達人赤岩一角と、その最初の妻正香《まさか》とのあいだに生まれた長男。

母の正香は、角太郎を産むと間もなく亡くなり、一角が二番目の妻として迎えたのが窓井《まどい》。

そのころ、赤岩一角は、里人たちが恐れおののく妖怪を退治に庚申山へ出かけたが、行方不明となる。あくる日の夕方、ようやく捜索隊の人々と一緒に帰って来たが、それ以来一角の様子がどうもおかしい。

その夜、窓井は一角の寝室の障子に、化け猫の影を見てゾーッとする。

だが、それから十月十日たって、窓井は男の子の牙二郎《がじろう》を産むが、産後の肥立ちが悪く死ぬ。


時は流れて十五年……

角太郎と牙二郎の兄弟は、顔も似ていなければ、性格も正反対で、牙二郎は生まれながらの乱暴者。二人の仲もあまりよくない。

父の一角も、昔はいい人だったが、庚申山から帰ってからは、すっかり人が変わり、角太郎ともそりが合わなくなってしまった。

そこで、角太郎は長男ながら、自ら進んで家を出て、亡き母の遠縁にあたる犬村家の養子となり、犬村角太郎と名乗っている。

父の一角は、その後も次々と妻を迎えるが、いずれも死んだり、別れたり。そして、今度八番目の妻として、舟虫を迎えることとなった——

と、まあこういうわけである。

さて、ここは庚申山の山中。

父一角の婚礼にも犬村角太郎は姿を見せなかったので、いよいよ山へ乗り込んで来た犬飼現八。角太郎が住んでいるという草の庵に向かう道をたどったつもりが、どうやら霧にまかれて道に迷ったらしい。

石の門のような奇岩が何重にもそびえ立つ、無気味な〝胎内《たいない》くぐり〟を、グルグル回っているうちに、やがて日も暮れ落ちた。

——こうなったら、今夜はここに野宿して、夜明けを待つことにしよう……

現八は、覚悟をきめた。

その夜もふけて丑満時。ウトウトしていた現八は、なにやらあやしいもの音に目がさめた。

冬というのに、なまあたたかい風が吹き過ぎて、プーンとにおうなまぐささ……

遠くで無気味な鳥のなき声、近くに聞こえる、あの声は……？

——人の声のようでもあり、なにやらけものの声のようでもあるが……

現八は、ジッと耳を傾けて、声のする方角へと進んで行けば、

「はて!?」

暗闇に浮かぶ光が二ツ……四ツ……六ツ……

まるで鬼火の如く、だが近づくに従って、松明《たいまつ》のあかりのように大きくなった。
——おおッ、あれはたしかに目だ！　とすれば、妖怪の目か……
その時、雲の切れ間から月がのぞき、その光に照らされて姿を現わしたものは、お
お、なんと⁉
顔はあたかも虎の如く、真っ赤な口は耳まで裂け、剣《つるぎ》を一つ立てたような鋭い牙。顔中にはえたひげは、雪にとざされた柳の糸が、風に乱れてそよぐが如し。
そのからだを見てやれば、手といい足といい、すべては人間の形にて、腰には大小
二本の刀をさし、馬にまたがっている。
その馬が、また、全身枯れ木の如く、ところどころに苔《こけ》さえむして、なんとも無気
味な姿。
しかもなお、この妖怪、二人の従者を両脇につれている。一人は全身ことごとく、
藍《あい》より青く、一人は朱よりも赤い。
——なんだ、これが庚申山の妖怪の正体か。しゃらくさい、まるで下手な絵かきが書
いたような奴輩《やつばら》だ！
かえって気が落ち着いた現八、用意してきた弓に矢をつがえ、満月の如く引きしぼ
ってヒョウと放てば、見事ねらいはあやまたず、矢は馬上の妖怪の左の目にブスリー

ッ！

「ギャーッ！」

あやしくも、ものすごい悲鳴をあげ、馬からころげ落ちた妖怪は、一目散に逃げて行く。

現八、そのあとを追えば、行く手に岩室があり、チロチロと燃えるたき火のそばにうずくまる人の影……

――妖怪め、あんな所に逃げこんだか⁉

現八がなおも矢を射かけようとすると、岩室から声がした。

「われは妖怪に非ず。弓矢をおさめよ！」

「では何者だ！　おれは犬飼現八……」

岩室から姿を現わしたのは、年のころなら三十あまり、やせたからだに青い顔。しかも不思議なことに、月の光に照らされながら、その男には影がない！

「お前はいったい何者だ？」

「私は赤岩一角！」

現八はビックリ。

「赤岩一角殿といえば、この山のふもとに住んでいるはず……」

「いや、私は十五年前からここにいる……私の顔や姿が見えるか？」

「見えるとも……」

「だが、お前が見ているのは、私の真実の顔ではない。今、私の顔を見せよう……」

そう言うと、その男は両手で自分の頭をはずした！

「おおーッ!?」

又々おどろく現八の前に、男はグイと頭をつき出した。思わずそれを受け取る現八。両手で持ったその頭を、月の光にかざしてみれば、なんとそれは髑髏《しゃれこうべ》！

「それが、私の真実の顔だ！」

「ウーム……」

髑髏を手に、現八が恐る恐る男を見ると、たった今まで目の前にいたはずの男の姿がどこにも見えぬ。

——これはいったいどういうわけだ……？

現八は、髑髏をそっと岩の上に置いて考えた。

——もしも、この髑髏がほんとに赤岩一角のものならば、ふもとに住んでいる赤岩一角とは、いったい何者？　そして、さっきおれが左の目を射抜いた妖怪の正体は？

犬飼現八は、髑髏を布に包むと、それを持ってひとまず足尾の里へ戻ることにした。

十九　現八道場のかえり道、ひな衣の身投げ救う

エー、お話の舞台になっております庚申山につきまして、ちょっと……

栃木県の西端にあり、現在では日光国立公園《にっこう》の一部になっているこの庚申山、高さは一九〇一メートル、山ぜんたいが火山岩でできておりますので、巨岩奇岩が多い。日光の基礎を築いた勝道上人《しょうどう》ゆかりの地といわれ、その頂上付近に行けば、妖怪変化のかわりに、珍しい食虫植物で天然記念物のコウシンソウがはえているのが見られます。食人植物じゃなくてよかった！

目ざす犬村角太郎には会えなかったが、庚申山で妖怪や、不可思議な出来事にでくわした犬飼現八——

赤岩一角のことがどうしても気になる。その謎の正体を知るために、足尾《あしお》の里へ戻るとさっそく赤岩の開く道場を訪ねた。

「頼もーう！」

「どうーれ！」

出てきた若者の顔を見て、現八は思わずムシズが走り、寒けを感じた。

この男こそ、赤岩一角の次男牙二郎である。

「何用だッ？」

「おれは諸国をめぐって武者修行を続けている者、赤岩一角殿に会いたい」

「フン、お前みたいな浪人は、一角さまが出るまでもないわ。おれさまが相手をしてやるよ」

と言うや、牙二郎は無法にも、いきなり腰の刀を抜いて、切りかかった！

「な、なにをする⁉」

現八、十手を取り出し、手練《てだれ》の早技で牙二郎の刀をひねり落とすと、その肩先をハッシとばかりに打ちすえる。牙二郎は意外にたわいなく、その場にヘナヘナ。

と、その時――道場の玄関のつい立ての陰から姿を現わしたのが、主《あるじ》の赤岩一角と、その八人目の妻舟虫。

現八は、その一角の顔を見て、腰を抜かす程驚いた。なぜならば、一角の左の目に大きな眼帯が……⁉

――おれはゆうべ庚申山で、妖怪の左の目を矢で射抜いた。これは偶然の一致だろうか……

一角は、そんな現八の驚きをよそに、

「わが子牙二郎を手玉に取るとは、なかなかの腕前。この赤岩一角、怪我をした身でなければ、お相手するものを……して、そのほうの名前は？」

「犬飼現八と申す！」

「えぇッ⁉」

その名を聞いて、今度は舟虫がギクリッ！

「なんだ舟虫、お前はこの若者に心当たりでもあるのか？」

「いいえ、ただ、その……犬飼という名を聞いてね、私は生まれつき犬が大嫌いなのさ」

この舟虫は、あの犬田小文吾や犬川額蔵を、一度ならず二度も三度も、殺そうとした悪女。八犬士にとっては憎むべき敵なのだが、現八にとっては初対面。現八、油断は禁物なるぞ！

「ところで、一角殿、その目の怪我は？」

「なに、これは……ゆうべ弟子が弓の稽古をしていて、それた矢が柱に当たり、それがはね返って、わしの目を突いたまでのことよ」

――それにしてもおかしい。赤岩一角という男は、庚申山で出会った妖怪と、きっと関わりがあるに違いない……

道場の帰りの道すがら、現八がこんなことを考えながら歩いていると、行く手にある橋の上から、今にも身を投げようとする娘の姿が目に入った。

「おお、これはいかん、身投げだ!」

現八は、あわててかけ寄り、娘を抱き止めた。

「お放しください、どうぞ死なせてくださいまし……」

よよと泣きくずれる娘を、なだめすかしてようやくそのわけを聞き出すと――

娘の名はひな衣《きぬ》といい、ある人と将来を誓い合ったが、その人から離別を申し渡されたのだという。

その理由《わけ》を聞いても、ひな衣はただうつ向いて涙を流すだけ。しかも、現八がちょっと目を離したすきに、ひな衣はいずこへともなく姿を消してしまった。

さて、ここは足尾の里の茶店――

すっかり茶店の爺さんとなじみになった現八が、ひな衣の話をすると、

「えっ、ひな衣さんが——それは大変だ！　ひな衣さんといえば、この里でだれ一人知らぬ者がいないほどの、器量よし……さっそくみんなに知らせて、さがし出さねば」

「爺さん、そのひな衣の許婚《いいなずけ》というのは、だれなんだい」

「あなたが会いたいとおっしゃっている、あの犬村角太郎様ですよ」

「ええッ、そうだったのか！」

これも又、不思議なめぐりあわせ。身投げを救ったひな衣が、なんと角太郎の許婚だったとは……

さて、爺さんの知らせで、里の人たちは、手分けしてひな衣のゆくえをさがしてみたが、見つからない。

そのうちに、どうやら庚申山へ入ったらしいといううわさ……

「きっと、もう一度許婚の角太郎さんに、会いに行ったのではないでしょうかねぇ」

「よし、おれがさがしに行こう。いずれにしても、犬村角太郎という人に会わなければならない。会って話を聞けば、赤岩一角の謎も解けそうな気がする」

再びここは庚申山の山中。

今度は道に迷わぬぞと、現八が足を踏み入れるや、不思議や一天にわかにかき曇り、生あたたかい風が吹き過ぎる。

と、前方の木の間に、女の着物のようなものがチラチラ。

――もしや、ひな衣では……

現八、急ぎ足でその姿を追えば、突如、頭上から、

「うふ、ふ、ふ……」

うす気味の悪い笑い声。それに続いて、

「われこそは玉梓が怨霊……ワナにはまったか犬飼現八……ふ、ふ、ふ」

ああ、どこまで祟るのか、おぞましき怨霊！

昼だというのに、いつのまにかあたりはしっ黒の闇となる。

「お前を包む暗闇は、黄泉の国、死の世界へと通じる暗闇ぞ！」

「う、う、うーむ」

現八のからだに強い悪寒が走った。

闇の中を飛びかう魑魅魍魎《ちみもうりょう》の、まるで命を吸い取るような無気味な声……

かと思うと、急にあたりは静寂の世界。

出会う人々の顔はいずれも青白く生気がない。呼びかけ、話しかけても答えはなし。

ただ、無気味な静けさがあるばかり。

と、その時――途方に暮れてたたずむ現八の肩を、そっと叩く者がいる。ふり返って見て、現八は驚いた！

忘れもしないその顔は、幼いころに死んだ父親の顔……

「お父ッつぁん！　ち、父上！」

「ここは、お前の来るところではない」

「それじゃ、本当にここは黄泉の国……」

その父の姿は、現八をさとすように、

「早く行け、行く手に輝く光を求めて……」

「行く手に光……？　おお、たしかに見える、父上！」

と、現八がふり返れば、もはや父の姿はなし。

亡き父と出会った懐しさを振り捨てて犬飼現八、輝く光に向かって進んで行けば、その光はたちまち広がって、桃色の帷《とばり》となった。

そして、その中から静かに現われ出たのは、八房に乗った伏姫の姿！

その美しくも神々しい姿に、現八は思わずその場にひざまずく。

「私は伏姫……現八よ、お前も信乃も道節も、額蔵も小文吾も、私がこの世に残した兄弟たち……」

「伏姫さま、俺はまだ見つからぬ友を求めて、この足尾の里へ来たのです」

「その努力のかいあって、お前は新しい犬士と会えるでしょう……お前が信という字の珠を持っているように、その人もきっと珠を持っている。でも、まだ悪の力が強くて、その珠は日の当たるところへ出られないのです」

「では、どうすれば？」

「ごらんなさい」

伏姫の指さすほうを見て、現八は驚いた。首のない男が立っている……

「この人は赤岩一角。この庚申山で山猫に襲われ命を失ったのです」

「ええッ!?　では、あの妖怪の正体は山猫……とすると、今生きていて道場を開いている赤岩一角は……？」

「そう、お前の想像通り、一角を殺した山猫の化けた姿」

「やっぱりそうであったか。伏姫さま、どうすればその山猫を退治できましょうか？」

現八は、すがる思いで伏姫に聞いた。

「珠がお前を助けるでしょう。やがて現われるであろう〝礼〟の字が浮き出る珠が……」

「なんですって⁉　礼という字の珠が！　伏姫さま、その珠はどこにあるんです？」

「今はまだ悪の力が強いのです。礼の字が浮き出る珠は、まだ暗闇に包まれています。その珠が暗闇を抜け出し、日の光を受ける時、きっと山猫を倒すでしょう」

そう告げると、八房に乗った伏姫の姿は静かに消えて、あたりを押し包んでいた暗闇も雲と散り、もとの真昼の明るさになる。


玉梓の怨霊によって、危うく黄泉の国へ引き込まれそうになった犬飼現八だが、伏姫の導きによって助かり、その上赤岩一角の正体まで知ることができた。

――この上は、一刻も早く犬村角太郎という人に会わねばならぬ。きっと伏姫さまのいう新しい犬士に違いない……

現八は力を得て、山道をどんどん進んで行くと、あった、あった、山奥に一軒の草の庵。

柴垣の外から、庵の中をそっとのぞくと――

眉《まゆ》秀でたる長髪の若者が、床の上にしっかりと足を組んで坐り、両手で合掌し、目を閉じて、口には松葉をくわえ、今しも維摩《ゆいま》の行の真最中。

なおもあたりを見回すと、なんとその若者から少し離れた枝折り戸の陰で、さめざめと泣き伏すひな衣の姿が……

「そうか、やっぱりここへ来ていたのか……」

現八に見られているとも知らず、ひな衣は、

「角太郎さま、将来を契ったあなたと私、やがて婚礼の式を挙げ、一緒に暮せるという私の喜びは束の間の夢……あなたは急に別れるとおっしゃいました。あなたと別れるくらいなら、いっそ死んだほうがまし、一度は川に身を投げようとした私ですけど……ああ、もう一度だけあなたにお会いして、あなたの本当の気持ちを知りたいと、ひな衣は、けわしい山道を越えてここまで参りました。角太郎さま、どうぞおっしゃってくださいませ。なぜこのひな衣をお厭《いと》いになるのでございますか？」

もうすっかり色を変えた枯れ草に、身を投げ出して、泣きながら必死にかきくどくひな衣。その声が耳に入るや入らぬやら、犬村角太郎は、ただ無念無想で目を閉じ、両手を合わしている。

このありさまをジッと見ていた犬飼現八、力は強く、武芸は抜群の若者だが、心はきわめてやさしい……

「ああ、いくらなんでもひど過ぎる。もう黙って見ちゃいられぬ！」

現八、堪忍袋の緒を切り、柴垣を押し開いて、中に入った。

「ああ、あなたさまは……」

驚くひな衣の手を取ると、ツカツカと角太郎のそばに近づき、音吐朗々と、

「卒爾《そつじ》ながら物申さん――それがしは犬飼現八という者、わけあって浪々の身なれど、安房の国里見家に因縁浅からぬ者なり！　犬村角太郎殿に要事あり、いざいざ答えを賜わらん！」

声に応じて角太郎、口にくわえた松葉を勢いよく吹きとばすと、坐りなおして、ようやく口を開いた。

「どんな要事か知らないが、それがしは世を捨てて修行に生きる身の上、今更話すことなどあり申さぬ」

「ねえ、角太郎さんよ、いくら修行の身か知らないけど、あんたを恋、慕うひな衣さんの声が、耳に入らぬことはないだろう。ひな衣さんは一度は死ぬ覚悟までしたんだ」

その時、角太郎の顔に一瞬深まる苦悩の色を、現八は見逃さなかった。

「角太郎さん、ひな衣さんのいる前じゃ言いにくいというなら、男同士二人きりで話

をしようじゃないか……」

現八は、角太郎を草の庵の裏山に連れ出した。

「ずいぶん出しゃばったまねをすると思うかも知らないが、おれは犬村角太郎という名前を聞いた時から、あんたが他人とは思えないのだ。なんでもおれに打ち明けてくれ……あんたは、ひな衣さんが嫌いになったのか？」

「いいや！　ひな衣が私を思う心にも増して、私はひな衣を愛している……」

遠くを見つめる角太郎のまなこから、涙が落ちた。

「じゃ、なぜ別れると言ったんだ？」

たたみかけるような現八の問いに、角太郎は、しばしの沈黙のあと、ふるえる声で、

「私は……私は人間ではない。実は山猫なんだ！　私の父、赤岩一角が庚申山に住む山猫の化身だということを私は見た。私は知ってしまった。そんなことをひな衣に言えようか！」

「そうだったのか……」

「父が山猫ならば、私のからだにも妖怪の血が流れている、その血が憎い！」

現八は、伏姫から聞いて、角太郎の父は真実の赤岩一角、妖怪の一角とは関係がな

いということをわかってはいたが、今の角太郎にそれを伝えても、納得しそうもない。

——この上は、なんとか角太郎さんに山猫の血が流れていないという、確かな証拠を示してやらねば……

犬飼現八、そのために一肌も、二肌も脱いでやる決意をするのだった。

そして、ひな衣に、

「くわしいことは今はわけがあって言えぬが、角太郎さんは決してあなたを嫌ってはいない」

ということを伝え、ひとまず一緒に足尾の里へ帰ることにした。

二十　花嫁衣裳に身を包み、哀れひな衣人身御供

　エー、マタタビという植物がございます。

　その実を塩漬にしたものが、ビン詰になって売られていますので、きっと召しあがった人もいらっしゃると思いますが、独特の芳香があります。

　面白いことに、猫はこのマタタビの香りが大好き。というよりは麻薬のような働きをするようで、しまいにはその茎や葉に含まれている成分が、猫の大脳や延髄をマヒさせてしまう。まあ、飲んべえが酒に酔っぱらうようなものかもしれません。

　猫にマタタビ鰹節《かつおぶし》というお話……

　そのあくる日——
　赤岩一角の道場に、篭山逸東太《こみやまいっとうた》と名乗る関東管領扇谷定正の使者がやって来た。

その用件とは、管領が手に入れたという、柄も鞘《さや》もマタタビ作りの珍しい短刀を、一角に鑑定して欲しいというのだった。

「なにィ、マタタビとな！」

赤岩一角、マタタビと聞いただけでとび上がった。

「どうなされた一角殿、マタタビ作りの短刀に、それほど興味がおありかな？」

「あ、あるとも！　早くその短刀が見たい、なめてみたーい！」

篭山逸東太は、一角のあまりの興奮ぶりにいささかあきれながら、短刀の箱を取ると、あやしげな白い煙が立ちのぼり、なんと箱の中はカラッポ。

「な、ない！　短刀が盗まれたッ！」

逸東太はびっくり仰天。だがその時、短刀は妖術《ようじゅつ》によって、すでに赤岩一角の手に渡っていたのだ。

折も折、道場の庭先で、

「盗賊だぁ！　方々、出会え、出会え！」

牙二郎の叫び声。

「さては、短刀を盗んだ奴が……」

逸東太も、押っ取り刀でかけつける。

庭先で、たちまち大勢の門人たちに取り囲まれた男を見ると——なんと、それは犬飼現八ではないか。

いくら腕におぼえの現八でも多勢に無勢、濡れ衣を着せられたまま、切り殺されるかと思った。その時——

「待て、待ぁーてぇ！」

と、かけ込んで来たのは犬村角太郎。

「なにやらあやしい胸騒ぎ……気になって山をおりて来てみれば、このありさま。現八さん、こりゃどうしたことだ？」

「どうにもこうにも、庭へ入ったばっかりに、いきなり盗賊呼ばわりされて……」

「方々、この人は盗みをする人ではない。刀を引け、刀を引けぇ！」

門人たちが刀を引こうとすると、頭にきた牙二郎、

「やいやい、何を余計なことをしやがるんだい、てめぇも一緒にぶった切るからそう思え！」

「牙二郎、それが兄に向かっていう言葉か……」

「てやんでぇ、勝手に家を出て行ったお前なんか、兄とも思わねぇよ。さあ。みんな二人とも叩っ切れ！」

だが、角太郎と牙二郎とでは人柄が違う。牙二郎の言うことを聞く者は、だーれもいやしない。

そこへ現われたのが、一角の妻におさまった舟虫——

「おやまあ、お前が角太郎かえ……私ゃね、今度縁あってお前のお父さんと夫婦になったから、お前とも親子の間柄……」

「お初にお目にかかります。私は角太郎、わけあって庚申山でひとり暮しております」

「ちょっとお前に折入って話したいことがある。中へ入っておくれでないかえ……」

舟虫に言われて、角太郎は道場の奥座敷へ。


その奥座敷では——

赤岩一角が、マタタビ作りの短刀の鞘を、ペロペロなめている。

「父上、その目の傷のぐあいは？」

「うん、マタタビをなめれば、ぴたりと痛みがとれるんじゃ……」

「でも、それじゃ傷はなおらないんだよ。庚申山のふもとに住む巫女《みこ》の話だと、わが子の……しかも女の子の生き血を飲めば、なおるそうなんだけどねぇ、角太郎」

と、舟虫のなにやら意味ありげな言葉。角太郎は、

「といっても、赤岩家には私と牙二郎の兄弟だけ。もしも、男のでもよければ、私の血を一滴残らず差し上げましょうが……残念ながら女の子はいませんね」

「いや、いるだろう、ほーら女の子が……」

そう言いながら、舟虫はジッと角太郎の顔を見つめる。舟虫はいったい何を企んでいるのか!?

「はて、私にはわからぬが……」

考え込む角太郎に、ズバリと、

「ひな衣のことさ、私が言っているのは……」

「えぇッ!?」

「ひな衣とお前は、親も許した許嫁者、結婚すれば……ひな衣は可愛いわが娘も同様じゃないか」

一角も、舟虫のこの言葉に大きくうなずいている。

「父上！　まさか父上はひな衣を……」

あまりのことに、さすがの角太郎も顔色が変わった。

「なんと言われようと、ひな衣にそんなむごいことはさせられません！」

だがその時——

意外や意外、ものかげから脱兎《だつと》の如くかけ込んできたのは、その当のひな衣であった！

「角太郎さま！　今のお話、みんな聞きました。もしも私のこの血がお役に立つのなら、一滴残らず父さまに……」

「ひな衣！」

角太郎の悲痛な叫び。舟虫はなにやらいそいそとして、

「よくぞ言ってくれたねぇ……それではさっそくに祝言を」

ひな衣を連れて別の部屋に行く。

「だめだ！　ひな衣、行ってはだめだーッ！」

この時、必死に引き止めようとする角太郎のからだは、なぜか金縛りの術にあったように、手も足もビクとも動かないのであった。

やがて——純白の花嫁衣裳に身を包んで現われたひな衣。

「たとえ束の間であろうとも、私は角太郎さまの妻になりました。ほんのひとときの幸せも、かけがえのない幸せと心に信じて、ひな衣はうれしく死んで参ります……」

と言うや、かたわらにあったマタタビ作りの短刀を手に取り、いきなりわが胸に――

「ああーッ！」

必死になって止めようとした角太郎、だがおそかった！　様子を見に来た犬飼現八が飛び込んだのも、おそかった！　すべてがおそかった！

短刀は、ねらいたがわずひな衣の左の胸の下にグサリ。

その瞬間、まっ赤な血潮がふき出るより早く、目にもとまらぬはやさで、はじけるが如くに、シュパーッ！　と飛んで赤岩一角の胸にハッシと当たったものがある。

おお、なんとそれは一個の珠ではないか!?

「ギャオーッ！」

一角は、悲鳴をあげてのけぞり倒れ、胸のあたりをかきむしること二度三度。そのままグッタリと息絶えた。

「いったい、これはどうしたこと……？」

ひな衣の乳の下から飛び出したその珠を、角太郎が拾い上げてみれば、折からさし込む太陽の光を受けて浮かび出る〝礼〟の文字！

現八も見た――

「おお、これが伏姫さまのおっしゃっていたあの珠か！」

「……角太郎さん！」

苦しい息の下から必死に名を呼ぶひな衣を、しっかと抱き上げ角太郎、

「ひな衣、ああ、なんということをしてくれた……」

「父さまの……父さまの傷は、私の生き血でなおりましたか……？」

現八が、角太郎にかわって、

「ひな衣さん！　違うんだ、思いがけないことが起こったのだよ。珠が、妖怪を倒したのだ！　ひな衣さん。黄泉の国へ行ったらば、そしてもしも、伏姫さまという人に会ったなら、伝えてくれ……なにもかも、おっしゃる通りになりましたと」

悪の力が強いために、日の当たるところへ出ることができなかった、礼の字の浮き出る珠は、ひな衣をいけにえにして、今ここに現われ出で、犬村角太郎の手の中にある。

そして、あわれひな衣は、あたり一面に広がる血の海の中で、息を引き取った。

そこへ——

「やいやい、ひな衣とグルになって、父さんを殺しやがって！　お前なんか、兄じゃ

ない。父の仇、殺してやるぅッ！」

　と、飛び込んで来たのは、一角の次男牙二郎。舟虫も尻馬《しりうま》に乗って、

「そうともそうとも、やっておしまい！」

　角太郎は、

「私もひな衣のあとを追おうとしていたところ……いいとも牙二郎、私の首をはねてくれ！」

　首を前にさし出すと、

「おっと、そうはさせまいぞ！」

　前に立ちはだかったのは犬飼現八。

「ええい、じゃま立てするな！」

　と、切りかかる牙二郎を、得意の十手術で一突き。牙二郎、いともあっさりブッ倒れ、舟虫はスタコラ逃げ出した。

　角太郎は、

「現八さん、なぜ余計なことをするんだ！　いっそ私は死にたい、殺されたいと思っていたのに……」

「角太郎さん、いやさ犬村角太郎、いいかげんに目をさませ！　ひな衣さんのからだから出て、あんたが手にしている珠は、おれたちの仲間、伏姫ゆかりの八犬士の一人という証拠。そのあんたに、化猫の血が流れているはずがないんだ！」

「だが、ここに倒れている赤岩一角は私の父。その父の正体が山猫の妖怪ならば……」

「ええい、じれったい、あんたの父上は、ほれ、この人だ！」

現八がグイと突き出す髑髏！

「こ、これは!?」

「あんたのお父ッつぁん、ほんものの赤岩一角は、庚申山へ妖怪退治に行って、反対に山猫に殺されたのよ」

意外な現八の言葉に、まだ信じられぬといった面持ちの角太郎。

と、そこへ――どこからともなく現われた一人の老人。角太郎に近づき、その腕を取って、いきなり刀の刃《やいば》を突き立てると、

「梁書《りょうしょ》の列伝、預章王綜《よしょうおうそう》が伝に曰《いわ》く。子の腕をつんざき血を流し、親の血と合わせ見るに、まことの親子は血潮まじわり、親子でなければ血はまじわらずと――さあ、お前の血を、そこな男の血と合わせて見よ！」

言われて角太郎、腕よりしたたる血を、赤岩一角のからだよりにじみ出る血にふりかけてみるに、なんと、二人の血はまじり合うどころか、互いにはじき合う。

「おおーッ！」

角太郎は、思わず声をあげた。

「お前とこの男が、まことの親子ではないという、これが何よりの証《あか》しと知れ！」

さらに老人は言葉を続け、

「さて又、唐書《とうじょ》の孝友列伝なる王少玄《おうしょうげん》が伝に曰く。子の腕から流れ出る血を、親の白骨にそそぎかける時は、まことの親子ならば、その血は一滴残らず白骨にしみ通ると。さあ、お前の血を、そこな髑髏にかけて見よ！」

角太郎、言われた通りにおのが血をかけると、あっという間に血は髑髏にしみ通り、まっ赤に染った。

「犬村角太郎は、今は髑髏と姿を変えたこの人こそ、お前の父、まことの赤岩一角と知れ！」

おごそかに言い渡して、立ち去ろうとするその老人の顔を見れば、まぎれもなき役の行者の御姿であった。

この身に化け猫の血が流れていないことを知った犬村角太郎――

「ああ、ひな衣、お前と別れることはなかった……悔やんでも追いつかぬ……許してくれ！」

と、男泣き。犬飼現八も、思わずもらい泣き。

だが、その時である――二人の目の前で、実に奇怪《きっかい》なことが起こった。

息絶えたはずのにせの赤岩一角の顔が、みるみるうちに変わり出し、息まで吹き返したのだ！

「ウギャーッ！」

耳をろうするようなうなり声をあげて、その顔は、現八が庚申山で見たあの妖怪の顔に変じた！

しかも、そのうしろにおぞましき影となって現われたのは、

「われこそは玉梓が怨霊……山猫の妖怪よ、伏姫ゆかりの若者共をかみ殺せ！　化猫の血を受けた牙二郎も、今こそ正体を現わせえ……」

怨霊の声に誘われて、気を失って倒れていた牙二郎まで身を起こす。その顔はすでに化け猫の顔。

「ギャオーッ！」

親子の山猫の妖怪は、牙《きば》を鳴らし、爪を張り、風のような息を吐き散らして、二人に襲いかかる。

「せっかく人の姿に化けて、勝手気ままに暮していたものを、正体見破られ、あまつさえ目まで射抜かれるとは、口惜《くや》しや！　ギャオーッ！」

決戦の時は来た！

物語はいよいよ進んで、現八と角太郎の妖怪退治となる。乞《こ》うご期待！

三 妖怪九尾の狐の術に、二人揃って石の下敷

　さて、道場ではどうも勝手悪しとばかりに、庚申山へ逃げ込んだ妖怪たちと、現八、角太郎との大活劇シーンに入る前に、どうも気になる舟虫の姿をちょいと追ってみると——

　居た、居た、管領の使者篭山逸東太と連れ立って、赤岩一角が実は化け猫だったという一件の、生き証人として鎌倉へ出かけるところだった。

　しかも、なにやら珠を持っているではないか。

「フフ……角太郎の持っていた珠を、ニセの珠とこっそりすり替えたのさ……」

　とは、さすがに悪女！

　そこへ——

　ちょうど通りがかったかごの中から、声がかかる。

「もし、そこなお人は、舟虫さんでは……？」

「いかにも私は舟虫だけど……」

とたんに、かごの中からころげるように出て来た一人の男——

「舟虫さん、お願いだ、娘を返して欲しい！」

「はて、そういうお前さんは？」

「小千谷の里ではたご屋をいとなむ石亀屋次団太ですよ。あんたが足尾にいると風の便りに聞いて、あっしは痛むからだにムチ打ってかけつけて来た。どうか娘の小窓を返してくれ、頼む！」

　山賊童子篇子酒顛二に襲われた傷も、まだ痛々しい次団太。だが、舟虫は、

「私ゃね、このお侍と鎌倉へ出かけるところなんだ。忙しいんだよ！」

「娘の居どころなと教えてくれ……」

「うるさいねッ、知らないってば！」

　舟虫は、頭をさげて頼む次団太を蹴とばした。さすがに見かねた逸東太、

「これほどまで頼んでいるのだ。知っていたら教えてやれ……」

「それじゃまあ……娘はあの庚申山にいる頓海坊《とんかいぼう》という坊さんに預けてあるのさ」

　と、これはまったくの口からの出まかせ。

「ほ、ほんとうか。その頓海坊は庚申山のどこにいる？」

「そんなこと、自分でさがしな！」

「ま、待ってくれ！」

次団太が、行きかける舟虫のたもとを必死につかめば、たもとはプッツリと切れた。

「なにすんだよッ！」

舟虫は、再び次団太を蹴っとばし、

「さあ、お前さん、出かけましょ」

と、早くも、篭山逸東太の女房気取り。


場面変わって、お待ちかね、ここは庚申山の山中である。

逃げ込んだ山猫の妖怪を追って、犬飼現八、犬村角太郎の二人がやって来たところは、奇岩や石の柱がそそり立つ、見るからに無気味な〝胎内くぐり〟——これぞ妖怪どものすみかなり。

「角太郎さん、道に迷うといけない。念のため、目じるしにこの糸を張って行こう……」

現八は、ふところから赤い木綿糸を巻きつけた糸車を取り出すと、その糸の先を木の幹にくくりつけた。こうしておけば、進むにつれて糸はグングンとのびて、その糸をたどれば、元の場所へ間違いなく引き返せるというわけ。

「これでよし。それに角太郎さん、礼という字の浮かび出る珠さえあれば、なにも恐れることはない。もしも妖怪が現われたら、手のひらを開いて、その珠をかざすのだ。抜かるなよ」

「わかった、現八殿」

角太郎、手の中の珠をしっかりと握りしめれば、その時——

「ふ、ふふふ……」

という無気味な笑い声と共に、急にあたりはたそがれ時の暗さに変わった。

驚いた角太郎が、手を開いて珠を見れば、あやしや！　そこに浮かび出るのは、礼という字には非ず、玉梓が怨霊の姿！

そして、珠は空中に浮き上がったかと思うと、見る間にグーンとふくらみ、やがて天地をゆるがす大音響をあげて、四方に散った。

あとに残るのは、暗闇に大きく浮かぶ怨霊の姿。

「われこそは玉梓が怨霊……」

しかもその時は、現八、角太郎のまわりにそそり立つ石は、すべて妖怪の姿となっていた。

「これはどうしたことか……!?」

舟虫によって、珠をすり替えられていたとは知らぬ、現八と角太郎の二人。だが、気を取り直した現八は、

「角太郎さん、おれも珠を持っている。信という字の浮かぶ珠を……」

と言うや、ふところから取り出した珠を、高くかかげて大声で――

「役の行者よ、伏姫よ、霊験を現わし給え!」

すると、珠の威力か、玉梓が怨霊はもだえ苦しみ、

「えーい、くやしや……伏姫がこの世に残した八つの珠に、手向かう力はわれに無し。されど、庚申山の妖怪は、そんな珠には負けぬわ……」

と、わめきながら消え去った。

玉梓の言葉通り、石が姿を変えた妖怪どもは、消えるどころか、数を増して二人に立ち向かってくる。

「うーむ、伏姫さまが言われた通り、庚申山の妖怪を退治するには、ひな衣さんをいけにえにして現われ出でた、礼の字の浮き出る珠でなければだめなんだ。ひな衣さんの真心のこもった、あの珠でなければ!」

「こうなった上からは、力の限り妖怪どもを切り倒し、打ち伏せてくれようぞ！」

剣におぼえの角太郎、大刀を抜き放ち、妖怪めがけて切りつければ、カチーン、カチーンという手ごたえに、腕はしびれ、思わず大刀を取り落とす。

「進むも兵法ならば、退くも兵法……角太郎さん、この場はひとまず逃げ出そう」

現八は、腕がしびれ、その上刀をボロボロにされて、呆然自失《ぼうぜんじしつ》の態《てい》の角太郎の手を引き、赤い糸を便りに引き返す。

すると、おお、これはどうしたこと！　一本の赤い糸は、その先のほうで、一《ひい》、二《ふう》、三《み》、四《よ》、五《いつ》……なんと、九本に分かれているではないか!?

「うーむ……」

われとわが目を疑って、今度は現八がぼう然自失。

——と、その前に姿を現わしたのは、一ぴきの狐。しかもただの狐じゃなくて、あやしげな九尾の狐だ。

「なるほどそうか。糸を九本に分けたのは、この狐の仕わざか……ようし！」

現八、ふところにかくし持ってる十手を取り出し、得意の十手術で、狐に打ちかかれば、ねらいはたがわず、狐に当たってコーン！

その途端、九尾の狐は九ひきの狐に早変り。一ぴきで九本のシッポだから、九ひきでは九九の八十一本。

　赤い糸のほうも不思議や八十一本となって、からまり合いもつれ合い、あわててたぐり寄せようとした現八のからだは、いつのまにやらガンジがらめのグルグル巻き。

「助けてくれ！　角太郎さん」

「しっかりしろ！　現八殿」

　足に糸がからんでよろめく現八、助けようとする角太郎も一緒にころんだ。

　そして、その時——二人のまわりに迫った石の妖怪どもは、二人をめがけてドドドーッと崩れ落ちた。はじけ飛ぶ石つぶて、巻き上がる土煙。あとはあや目もわかたぬしっ黒の闇……

「角太郎さん、大丈夫か？」

「うむ、現八殿は？」

　まるで雪崩のように崩れ落ちた石の下敷きになりながら、どうやら二人は無事。

「どうせこのままジッとしていても、くたばるだけ。それなら、力をふりしぼって石をはねのけようじゃないか、角太郎さん」

「うむ、手の爪はがそうとも、腕の骨を折ろうとも……」

　互いにはげまし合って、手近な石から、一ッ、又一ッと押しのけている時——

二人の耳に、遠くから聞こえてきたのは、かすかに人を呼ぶ声。

「頓海坊さーん、頓海坊さーん」

——それは、傷もいえぬ疲れたからだを、一本の杖《つえ》を頼りに、山道を登ってくる次団太の声であった。

口から出まかせの舟虫の言葉を信じて、小窓を預かっているという頓海坊をさがしに、庚申山までやって来たのだ。

「頓海坊さーん、小窓ォー」

あたりは冬景色だが、次団太の額には玉の汗。

「やれ、やれ」

と、立ち止まった次団太が、汗を拭こうとふところから出したきれを見れば、おおこれぞ、舟虫にすがりついた時に千切れた、たもとではないか！

このたもとの底にこそ、あの〝礼〟の字の浮き出る珠が入っているのだが、次団太は、そんな事は知らぬが仏。勿論、現八、角太郎の二人も、知るわけがない。

千切れたたもとで汗を拭き、もと通りふところへしまって、次団太が又歩き出すと——

いつのまにやら、目の前にお坊さんの姿。

「お坊さん！　もしやあなたは、頓海坊さんでは……？」

「いかにも、拙僧は頓海坊だが……」

それを聞いて次団太、思わずその場にヘナヘナとすわり込んでしまった。

「あなたは、舟虫という女に頼まれて、小窓という娘を預ってはいませんか？」

「たしかに預っておりますぞ」

「おおッ、やれうれしや！」

喜ぶ石亀屋次団太。

だが――おかしいではないか!?　舟虫は、頓海坊などと、口から出まかせを言った筈《はず》。それなのに、実際に頓海坊なるお坊さんが現われ、しかも、小窓を預っているとは……これは話がうますぎる。くさいぞ、くさい！

と思って、頓海坊をよくよく見れば、なんと!?　そのうしろに九本のシッポ。

頓海坊は、九尾の狐の化身であった！

それとも知らず、頓海坊の先に立ち、喜び勇んで小窓のいる所へ急ぐ次団太。

そして、閉じ込められた石の下から脱出をはかる現八と角太郎の二人。

その運命や如何に!?

二三　珠の霊験で妖怪退治、血煙りあがる庚申山

まだ傷のいえぬ身を、末娘小窓のゆくえを求めて、越後からはるばる足尾の庚申山までやって来た石亀屋次団太。

頓海坊が九尾の狐の化身であることも知らずに、喜び勇んでたどりついた所は、胎内くぐりの近くの岩室。

「娘はその中じゃ」

言われて次団太、岩室の中をのぞけば、片隅に何やらうごめく気配……

「そこにいるのは小窓か？　父ちゃんが迎えに来たぞ！」

すがって来た杖も投げ捨て、岩室の中に飛び込んで見ると、たしかに女の子の姿——

「小窓ッ！」

思わずかけ寄り、ひしと抱き上げ、小窓の顔をよく見れば……

「う、うわーッ！」

なんと、目も鼻も口もない、ノッペラボーではないか!?

驚きのあまり、次団太がノッペラボーを投げ出せば、落ちたところに火柱が立ち、天地をゆるがす大音響と共に、煙の中に現われたのは、おぞましき山猫の妖怪。

「こ、これはなんとしたことだ！　頓海坊さん」

振り返れば、岩室の外には頓海坊の姿も、九尾の狐の姿もなし。そこにいるのは——

やせこけて苔むした馬にまたがり、傷ついた左目がすっかり化膿《かのう》した山猫の姿。これぞ十数年もの間、赤岩一角になりすましていた、あの化け猫の正体である。

「夏でもないのに、飛んで火に入る虫があとを絶たぬわい……われらが血をすすり、肉を食らってやるから、覚悟をするがいい。ギャオーッ！」

全身の毛を逆立て、口からは火のような息をはく……次団太はふるえ上がって、その場にバッタリ倒れた。

さて——こちらは、犬飼現八と犬村角太郎の二人。崩れ落ちた石の下からなんとか抜け出して、自由の身とはなったが……

「父の仇、許嫁者ひな衣の仇山猫の妖怪を目の前にしながら、手を出せぬとは無念残念」

「角太郎さん、あの礼の字の浮き出る珠さえあったらなぁ……それにしても、先程たしか人を呼ぶ声がしたけど……」

「うむ、たしかに聞いた」

とかくするうち、二人は胎内くぐりの近くにある岩室の前にやって来た。

「角太郎さん、化け猫に殺された、あんたのお父っつぁんの亡霊は、この岩室から出てきたんだ」

「うむ、そうか……中へ入ってみよう」

抜き足さし足、しのび込む現八と角太郎。

意外と奥は深く、しかも足もとには累々たる白骨……

「これは、みなあの化け猫に殺された人たちの骨なのか」

「とすれば、この中に父上の骨がまじっているのかもしれぬなあ……」

思わず涙ぐむ角太郎。

「おや、角太郎さん、奥に人が倒れている！」

縄でしばられ、妖怪に放り込まれた次団太の姿だった。

「現八殿、先程聞いた声の主かもしれぬ。とにかく縄を……」

抱き起こし、しばった縄を解いてやると、その拍子にふところから落ちた着物の片《かた》袖《そで》……

「なんだ、これは?」

角太郎、手に取ると、中からコロコロッところがり落ちる珠一ツ! これぞ、〃礼〃という字の浮き出る不思議な珠——岩室の入口から射し込む光を受けて、さん然と輝いている。

「おお、この珠さえあれば千人力、よかったなあ、角太郎さん!」

「それにしても、あんたは一体どうしてこの珠を?」

聞かれて次団太は、

「実は、かくかくしかじか……」

と、これまでのいきさつを話す。

「こうなれば、もうこの山から逃げ出すことはない。妖怪も恐れることはないのだ、角太郎さん」

「現八殿、珠が手に入った上は、早速にも妖怪退治を!」

「うむ!」

ここは――庚申山〝胎内くぐり〟の横にひろがる枯野原。冬の日ざしの降りそそぐその場所に、目にもまぶしい白鉢巻、白だすき、袴《はかま》のももだちキリリと取って、進み出る若者は……

言わずと知れた、伏姫ゆかりの犬士、犬飼現八と犬村角太郎の二人。

「やあやあ、庚申山をすみかとなし、長年にわたって悪逆非道を尽くせし、山猫の妖怪変化ども、よっく聞け！　われこそは、下総は古河《こが》に生まれし犬飼現八！」

「われこそは、足尾の里の赤岩一角が長子。故あって姓は犬村を名乗り、名は角太郎！　父を殺し、あまつさえ許嫁者のひな衣まで死に追いやった、憎っくき妖怪、覚悟しろーッ!!」

二人して大音声に呼ばわれば、一天にわかにかき曇り、あたりは次第に暗くなる。

そして、その時――真昼の暗闇の中に、おどろおどろしい姿を現わした山猫が妖怪。

「ギャオー、口惜《くや》しやこの十数年、折角人間に交わりて、妻に馴《な》れ子を産ませ、快楽に月日を送りしに……犬飼現八のために目を射られ、犬村角太郎とひな衣のために、胸をうたれ深手を負い、わが身の醜い正体をあばかれたこの恨み、いかで返さでおくべきや――それッ！」

かけ声もろとも、妖怪の引き抜く大刀は、にぶく光って血のにおい。これぞ何十人という人の命を奪った妖刀。

続いて、家来の妖怪どもも、刀を抜いて一斉に二人に詰め寄る。

頃やよし、今がチャンスと角太郎、ふところより、いとしいひな衣の真心のこもった礼の字の浮き出る珠を取り出し、天に高く捧げれば、突如雷鳴とどろき、地鳴りと共に庚申山はゆれ動く。

「う、うー、ギャオーッ！」

すでに妖術を解かれ、魔力を失った妖怪どもは、振り上げた大刀をおろすこともならず、ただ身もだえするばかり。

現八、ここでようやく大刀を引き抜くと、まず家来のほうから、ズンバラリンと袈《け》裟《さ》がけに切りおろす。

「角太郎さん、邪魔する奴はもういない。心おきなく親の仇、ひな衣の仇を討つがよい」

「かたじけなや、現八殿！」

だが、さすがに家来とは違い、もう百年以上も生きてきた山猫は、妖術を解かれながらも、必死の形相ものすごく、にぶい光の妖刀を風車の如く振り回す。

敵の正面間近に寄った角太郎、すきを見て、裂ぱくの気合いもろとも、刀を打ちおろした！

「ギャアーッ！」

角太郎が手練の切っ先、猛り狂う化け猫の脇腹を、グサリと切り開く。

その場にドーッと倒れたからだの上に、犬村角太郎うちまたがり、化け猫ののどのあたりにとどめを刺せば、これが最後の断末魔。

ブルルン、ブルルンと化け猫のからだはふるえ、角太郎は振り落とされた。

そしてその瞬間——不思議や烈風吹き起こり、化け猫の骸《むくろ》を宙に吸い上げ、そのまま運び行く先は、あの胎内くぐり。

四方にそびえ立つ石の柱、岩の壁、その中央に、今、横たわる化け猫の骸……

その時——雷鳴起こり、稲妻走り、地鳴り震動ものすごく、石の柱も岩の壁も、千々にくだけて骸の上に落ちかかる。

下野《しもつけ》の国庚申山の妖怪の、これが無残な最期であった。

かくして、めでたく庚申山の妖怪を退治した犬飼現八と犬村角太郎の二人は、石亀屋次団太のためにも、憎き悪女舟虫のあとを追い、娘小窓をさがし出してやろうと、足尾の里を離れて、鎌倉へ——

次団太は、かえって二人の足手まといになってはと、ひとまず故郷に帰り、傷を完全になおすことにして、越後へ——

それぞれ旅を続けるのだった。

さて——現八、角太郎の二人がやって来たところは、下野の国足利《あしかが》の町。

にぎやかな人波に、ふと足を止めて見ると、むしろ掛けの見せ物小屋が立ち、盛んに客を呼び込んでいる。

「かわいそうなのはこの子でござい……親の因果が子に報い、見るも哀れなこの姿。にょろにょろ——ッと首がのびて、これが世に言うろくろッ首……」

声に誘われて現八、

「どうだ角太郎さん、気晴らしにのぞいて見るとしようか？」

「うん、それもよかろう」

二人が小屋のほうへ近づくと、小屋掛けの中から、カン高い女の声——

「なんだい、なんだい、笑えというのにポロポロ涙なんかこぼしやがって！　さあ、出番だよ、涙を拭くんだ、わかったかい、小窓！」

現八と角太郎はビックリ。

「小窓!?　たしかに今、小窓と言ったな、角太郎さん！」

「うむ、たしかに聞こえた。それにあの声は、舟虫の声！」

篭山逸東太と、女房気取りで鎌倉へ行った筈の舟虫が、いつのまにやら、こんな所にもぐり込んでいようとは、さすがに神出鬼没の悪女！

「神の救いか仏の導きか、ここで舟虫に会おうとは……角太郎さん、ぬかるなよ！」

二人は、むしろをかき分け、小屋の中へ踏み込んだ。

「ちょいと、だめだよ、そんなところから入っちゃ。ろくろッ首を見るなら、表へ回んな！」

と、お高祖頭巾《こそずきん》をかぶった女。

「おれが見に来たのは、舟虫、お前の顔よ」

「ええッ、そういうお前は……？」

「犬飼現八だ！」

と、十手を突き出す。

アッと声をあげ、逃げようとするお高祖頭巾の舟虫の前に立ちはだかるのは……

どこにかくし持ったか、舟虫が逆手に握る出刃包丁。

「ええい、畜生ッ！」

「犬村角太郎！」


その時である——

「こわいよォー、助けてェーッ！」

舞台のほうから小窓の泣き叫ぶ声。

見上げれば、小窓の首が、スルスルのびて幕の上……

「これはどういうことだ。今、助けてやるぞッ！」

角太郎が邪魔になる舞台の幕を引き千切れば、なんと、宙吊りにされている小窓の姿が！

「なんだ、これがろくろッ首のからくりであったのか！」

角太郎、現八の二人は、力を合わして、宙吊りの小窓のからだを引き降ろす。

驚いたのは、見物客たちで、ろくろッ首の仕掛けはバレるし、出刃包丁振り回す女の大立ち回りはあるし、なにがなにやらわからずに、ただ右往左往するばかり。

「大丈夫か、小窓！」

「はい、……でも、おじちゃんたちはだーれ？」

「お前を助けに来たのだよ。お父ッつぁんに頼まれて、石亀屋次団太さんに……」

現八、しっかりと小窓の手を取る。

「それじゃあ……それじゃあ私は小千谷の家へ帰れるの？」

「帰れるともさ！　おじさんたちが、小千谷まで送って行くよ。なあ、角太郎さん」

「うむ、よかったなあ」

「うれしい！　ありがとう！」

二人の手をしっかりと握る小窓の、つぶらなまなこからこぼれ落ちる真珠のような涙……ついさそわれて、現八も角太郎ももらい泣き。

だが――

そのすきに、舟虫はいつのまにやら、見世物小屋から姿を消していたとは、まあ、なんと悪運の強い女！　さすが悪女舟虫!!

二三　風雲急を告ぐ風吹峠、犬玉梓之介は犬士か

エー、お坊さんと言えば、袈裟を身にまとい、数珠などを手にして、静かにお経を読む姿を思い浮かべますが、昔は、数珠を持つ手に、ナギナタや刀を持って、戦をするのが役目という、なんともすごいお坊さんがいたようで、これを僧兵と申します。

これから話に出てくる、紀州の根来寺《ねごろじ》と粉河寺《こかわでら》にも僧兵がいて、それがなんと、寺同士がチャンチャンバラバラの合戦を始めた。

これを称して〝テラ戦〟と言ったかどうかは知りませんが、とにかく荒っぽいお坊さんもいたというお話。

さて、舞台は又々ガラリ変わって――

ここは、今で言うなら大阪から和歌山へ抜ける、根来街道の風吹峠《かざふきとうげ》……その名の通

り、よく風も吹き抜ける峠道。

今しも、この峠へさしかかった二人連れは、おお久しぶり犬田小文吾と犬川額蔵。小文吾の目をいやすために、熊野の湯の胸温泉へ向かう途中である。

——と、そこへバラバラッと飛び出した男たち。見れば、異様な風態の僧兵たちであった。

「どこへ行く？」

「熊野まで……」

目の見えぬ小文吾の手を引く額蔵が答えると、

「それはだめだ。こっちへ来いッ！」

有無を言わせず、僧兵たちに引き立てられて行った先は……

まん幕張りめぐらした中央に、どっかと腰をおろした偉丈夫は、根来寺の僧兵たちのリーダーで、その名も賀雲坊訣海《がうんぼうけっかい》と言う、まるで武蔵坊弁慶《むさしぼうべんけい》の親戚《しんせき》みたいな人物——その賀雲坊訣海の前である。

「まあまあ、楽にするがいい、お二人さん」

その言いざまに、さすがおとなしい額蔵も頭にきて、

「いきなり力ずくで連れて来ておきながら、楽にするがいいとは、そりゃなんだ！」

「まあ、そう怒りなさるな……実はな、われらに力を貸して欲しい。助けて欲しいのだ」

「はて、助けて欲しいそのわけは……？」

額蔵の問いに、賀雲坊訣海が語るそのわけは――

根来寺と粉河寺という二つの寺の間で、水争いが原因で激しい合戦が起こり、ようやく和議が成立して、平和になったのも束の間。粉河寺の僧兵たちは、最近武器を又揃えて、着々と戦の準備を整えている様子であったが……

「あれを見よ、あの煙を！」

賀雲坊訣海の指さすほうを見ると、空に立ち昇る黒い煙……

「あれは、粉河寺の僧兵どもが、根来寺の領地に侵入して乱暴狼藉、何の罪科《つみとが》もない村の者たちの家に、火を放ったその煙よ！」

この話を聞いた額蔵は、

「賀雲坊訣海殿、なぜそれを手をこまねいて眺めているのだ！」

「いかんせん多勢に無勢……まともに戦っても、とても勝ち目はない。そこで、今夜闇にまぎれて夜討をかけるつもり……」

「なるほど」

「そこで、見たところ腕の立ちそうなお二方に、力を貸していただきたいのだ。頼む！」

頭を下げる訣海。ふところに義の字の浮く珠を持つ犬川額蔵――

「この犬田小文吾殿は、残念ながら目を患って、戦うことはできぬが、その分までも、この犬川額蔵がお力になりましょう」

ポンと胸を叩いて、義を見てせざるは勇なきなり、の心境である。

だが、この時――犬田小文吾の胸に湧き出る、イヤな予感。

――賀雲坊訣海の話を、あたまから信用していいのだろうか。この胸騒ぎ……額蔵さんの身に、何か悪いことが起こるのでは……


日もとっぷり暮れた風吹峠――

額蔵は、僧兵たちと粉河へ向かい、ひとり残ったのは目の見えぬ犬田小文吾。

――と、その小文吾の回りに現われ出でた黒い影。突如、小文吾めがけて襲いかかる！

粉河寺の僧兵たちであった。

「だ、だれだ！　なにをしやがるッ！」

目は見えぬが、長年鍛えた相撲の勘で、右にいなし、左にかわし……だが、やはり目が見えない悲しさ、小石につまずき、道端の藪《やぶ》の中へ倒れ込む。

「あっ、しまったッ！」

ところが、そこにも人影が一つあり、しっかと小文吾のからだを支えて、耳もとに口を寄せ、

「さあ、早くこっちへ……」

言うより早く、小文吾の手を引いて、木の下陰の暗闇へ――

あとに残った粉河寺の僧兵たちは、キョロキョロとあたりを見回すばかりであった。


さるほどに――

このあたりに多いみかん畑のまん中にある小さな家へ、案内されて来た小文吾。

「どなたかは存じませんが、あぶないところを助けていただいて……あっしは犬田小文吾といいます」

「わたしは小杖《こづえ》。お目が不自由なのね……？」

手を取って、小杖は小文吾を上がりがまちに腰かけさせた。と、そこへ――

「……小杖かえ……？　戻っておいでだか。おおッ、そこにいるのは尺八郎《しゃくはちろう》！」

行灯の光のゆらぐ部屋の中から、おどろに乱れた白髪頭の老婆が、よたよたと現われたかと思うと、いきなり小文吾にすがりついた――

「尺八郎、生きていたのだね……さあ、お前の顔をよく見せておくれ！」

「いったい、こりゃどういうこった!?」

驚ろく小文吾の声を聞き、老婆は、

「お前は……お前は、尺八郎では……」

「そうです、おっ母さん。この人は……尺八郎さんではないんです」

と、やさしく老婆の肩を抱く小杖。

「それじゃ……尺八郎は……？」

「ええ、やっぱり今日も……」

そう言いながら、涙にかきくれる二人の姿を見て、小文吾は、

「小杖さん、尺八郎さんというのは？」

「はい、この方の一人息子で、わたしは嫁でございます」

そして小杖が涙ながらに語ることには……

嫁に来て、五日目に夫の尺八郎は戦にかり出され、それきり行方不明。戦で死んだという噂に、せめて亡き骸なりを見つけて、供養したいとさがし歩いて、今日で十日

……その帰り道に、小文吾を助けたのだと言う。

「そうだったのかァ」

「おっ母さんは、それ以来寝たきりで、死ぬ前に一目尺八郎さんに会いたいと、そればかり……」

「うむ、戦になれば、きまって悲しい目に会わされるのは、戦に関係のない弱い人たちばかりじゃねぇか。それにつけても、夜討に加わって行った額蔵さんの身の上が、気がかりだなあ……」

又しても犬田小文吾はイヤな予感に襲われるのであった。


その夜も暮れて丑満時——

小杖の家のいろりのそばでまどろんでいた小文吾、何か異様な気配に目がさめた。

「だれか……だれか、そこにいなさるのかい？　返事をしておくんなさい。あっしはこの通り目が不自由で……」

手さぐり足さぐりで、あたりをさがす小文吾のからだを、その時、ゾーッとする悪寒が走った。

「おおーッ！」

その声に、目をさましてやって来た小杖、

「どうなさい……」

と言ったまま、あとの言葉は凍りつき、大きく見開くマナコ。

「あ、あなた……尺八郎さん！」

夫にすがりつく小杖。老婆も、はうようにして出て来た。

「おお、無事に帰って来たのだね！」

ひしと抱き合い、涙を流して喜ぶ母と息子、その妻……小文吾も、思わずもらい泣き。

——だが、さっきあっしのからだに走った、あの冷たァい、ゾーッとする悪寒はなんだったんだろう……

小文吾の心に、ひっかかるものがあった。

「まあ、あなた、からだがすっかり冷えて……すぐに火を起こして、温かいものでも作りましょう」

あたふたと仕度に行く小杖。その時、尺八郎ははじめて口を開いた。

「おッ母さん、いつまでも長生きをしてください。私は又行かなければ……」

「おいおい、尺八郎さん」

黙ってはいられず、口をはさむ小文吾、

「行くって……どこへ？　まさか又戦に行くんじゃゃ……えっ、尺八郎さん、ねぇ、どうして返事をしなさらぬ。尺八郎さんよ！」

小文吾の心の中に、再びひろがる不審の黒雲……手さぐりで立ち上がり、用心深く足を進める小文吾の、そのつま先に当たった人のからだ……

まさぐってみると、それはまさしくその場に倒れている老婆の姿。しかも、すでにコト切れている！

「尺八郎さん、大変だッ！　尺八郎さんよ！」

小文吾の声に、小杖が奥から飛んで来た。

「どう……したんです？」

「小杖さん、お母さんが……」

「えぇッ!?　まあ、お母さん！」

とりすがって泣く小杖。

「……小文吾さん、うちの人は？　尺八郎さんは……どこに？」

「それが、さっきから姿を消したようなんで……」

「あなた……あなた！」

小枕はあたりをかけめぐり、入口の戸を開ける……

と、その時——外の暗闇に、スーッと浮かんだ人魂！

「ああーッ！」

小枕は、その場にうずくまる。


やがて——東の空は白々と明けて、小枕の家に悲しい朝の訪れ。

そこへ、三宝平《さぼへい》という村の顔役がやって来て言うことに、

「こんな時に、こんな話を伝えるのもなんだけど……実は、尺八郎さんの亡き骸が見つかった」

「えぇッ!?　それはいつごろのことです？」

「昨日の昼過ぎに、粉河近くの山でな……」

「そうかあ、やっぱり！」

小文吾は、ゆうべの謎が解けた。

「小枕さん、ゆうべは尺八郎さんの霊魂が、おッ母さんとあんたに会いたくて、戻って来なすったんだ……」

小枕は、ワッと泣き伏した。

ここは――再び風吹峠。

犬田小文吾は、村の男三宝平に頼んで手を引いてもらい、夜討に出かけたままの犬川額蔵をさがしにやって来たが、その姿はどこにもない。

小文吾は、ふところから不思議な珠を取り出して、

「三宝平さん、見てくれ、額蔵さんと言う人も、これと同じ珠を持っている。あっしの珠には悌の字が浮き出るが、額蔵さんの珠に浮き出るのは義の字なんだ。頼む、それを目当てにさがしてくれ。こんな珠を持っている人は、他にいない筈だから……」

「そうでもないな、それと同じ珠を持っている人を、わしは知っているな」

「えっ、ほんとか？　三宝平さん！」

「ほんとうだとも、字もちゃんと浮き出る」

さあ、同じような珠を持つ人物とは？

はたして、それは八犬士の一人なのか!?

そして、その珠に浮かぶ文字は!?

二四　悌の字の珠を取られ、小文吾ウワバミの中

たまたま額蔵さがしを頼んだ男三宝平から、同じような不思議な珠を持つ人がいることを聞き、小文吾はタマげた――

「そ、その珠を持っている人の名は？」

「その人の名は――犬玉梓之介《いぬたまあずさのすけ》様」

「なに、犬玉だと⁉　うむ、苗字《みょうじ》に犬の字がつく……たしかに伏姫ゆかりの八犬士の一人に違いない。こうしてはいられぬぞ。とにかく三宝平さん、あっしをその犬玉梓之介という人のところへ、連れて行ってくれ、頼む！」

「いいとも、お安いご用だ」

というわけで、三宝平に手を引かれ、小文吾が連れて来られたところは――風吹峠《かぜふきとうげ》からわずかに東に入ったあたり。

このあたりは、俗に言う葛城《かつらぎ》連峰。その昔、役の行者が修業をしたところで、木はうっそうと茂って谷は深く、流れ落ちる水は滝壺をえぐるという、いかにも修験場のたたずまい。

その目立たぬ岩かげに、ぽっかり開いたあやしげな洞穴……中はどこまで深いのやら、しっ黒の暗闇で、天井からはポタポタと水が垂れる……おお、薄気味がわるーい！

「さあ、ここだよ」

「ここは、人里離れた山の奥ではないのか？」

「あんたの不自由な目には見えまいが、すぐ前に洞穴がある……その中に住んでおられるということだ」

「……ということだって、三宝平さん、あんたその人に会ったことないのか？」

「なにしろ、つい二、三日前に、このあたりに来たお方だからな」

小文吾は考えた。

――はて、それじゃあっしらと同じころに、ここへやって来たわけか。これもやはり何かの因縁か……

「それじゃ、わしは用もあるので、このへんで……又、夕方にでも迎えに来よう」

三宝平に帰られ、一人残された小文吾、心細かったが、とにかく洞穴の中に入ることにした。


「ずいぶんと奥深い感じだなぁ……」

目の不自由な小文吾は、手さぐり足さぐりして進み、

「ものは試し、このへんで名を呼んでみよう。犬玉梓之介殿はおられるかーッ！」

と――その声に応じて、奥のほうから、

「わが名を呼ばわる者は、だれぞ！」

「あっしは犬田小文吾ーッ！」

「犬田殿にうかがう、そのふところに珠ありや？」

「あるとも、悌の文字の浮かび出る珠が……！」

「おお、犬田殿こそ、たしかにわれら八人の仲間の一人……さあ、犬田小文吾殿、恐れることはない。そのままま っすぐ進まれよ！」

新しい仲間との対面に、心わくわく気もそぞろの小文吾、大股《おおまた》に二歩、三歩と進めば、

「おおーッ!!」

突然、足もとの岩が崩れて、小文吾の大きなからだは奈落の底へ——

落ちたところは、真昼をもあざむくほどの明るさ。そこに姿を現わした人物は、顔あくまでも青白く、なんとも冷たァい目をしている。

「われこそは犬玉梓之介!」

「犬玉殿、ご覧のようにあっしは、目の患いであんたの顔も見えないが……それにしても、ここで伏姫ゆかりの八犬士の一人と会おうとは、奇しきめぐり合い……」

小文吾はすっかり感激の面持ちだが、さて、読者のみなさん——

犬玉梓之介とは、ちと妙な名前ではないか? たしかに犬の字こそついてはいるが、よくよく見れば、あの恐ろしい怨霊、玉梓の名も折り込まれているではないか!

小文吾、それには全然気づいていない。

「それにしても小文吾殿、疑うわけではないが、貴殿の珠を見せていただきたい」

「それ、ご覧じろ!」

小文吾、ふところから珠を取り出せば、
洞穴の中とはいえ、真昼をもあざむくような不思議な光に照り映えて、珠はさん然と輝く。

「おおーッ！」

梓之介は、そのあまりの美しい輝きに打たれたか、それとも、珠の持つ威力のせいか、思わず二、三歩あとずさり。

「では、今度は私の珠を見るがいい」

ふところから取り出すかと思えばさに非ず。梓之介、壁の棚の幕を開くと、そこにさん然と輝く珠一つ。

「ああ、目が見えぬことを、今ほど無念に思うことはない！　梓之介殿、その珠に浮き出る文字は？」

「チの一文字……」

「チといえば、おお仁義礼智忠信孝悌……の〝智〟という文字か」

「いかにも、くっきりと。小文吾殿、手に取ってたしかめるがいい」

手渡された珠を、まるで愛《いと》おしむように撫《な》でさする小文吾。

「貴殿の珠も、ふところから出して、大きさや手ざわりをくらべてみては……」

梓之介の言う通り、両方の珠を手にのせ、小文吾が、

――似ているが、なんとなく珠のぬくもりが違う……

と、考え込んでいる時、いきなり梓之介、小文吾の悌の字の浮き出る珠を奪い取った！

「な、なにをするッ！」

「騒ぐな小文吾、今日からはこの珠はおれが持つ、お前にはこの珠をくれてやる、チの字の出る珠をな！」

「そんなこと、許すもんか!!」

「その珠こそ、お前にふさわしいのさ」

目が見えぬ小文吾に代わって、その珠に浮き出る文字を、よくよく見てみれば……なんと!?　その字はチはチでも「智」にあらず「痴」の字。音痴、痴漢……と、ろくでもない意味にばかり使われる文字だ。

「ええいッ、たばかられしか！」

小文吾、眉つりあげて、手に残ったニセの珠を投げつければ、珠は洞穴の壁に当たって砕け散り、あたりは一変、あや目もわかたぬ真暗闇。

しかもその時――暗闇の奥底から浮かび出るあやしの影は……

「われこそは、玉梓が怨霊……」

そのおぞましき声に、思わず腰の刀をとって身構える小文吾に向かって、

「フフフ……小文吾よ、犬玉梓之介とは、この玉梓が怨霊の名づけた仮りの名よ。その正体は……と言っても、お前には見えまい。そのからだで知るがいい。フフ……」

「な、なにをするッ!?」

小文吾のからだに、何やらグルグルと巻きつくものが……

「私は、この葛城山の主、齢《よわい》六百歳のウワバミだァ……」

「く、くるしいーッ、息がとまるぅ」

「お前のような人間にはわかるまいが、洞穴に入ったつもりが、実はあの時から、お前は私にのみ込まれていたのよ……」

「ゲェーッ、それじゃ、これはウワバミの腹の中か!?」

「そうとも、私の腹の中で、もう一度お前をのみ込んでやる。そうれ！」

「うわーッ」

目が見えない、不思議な珠もふところにない、ないない尽くしの小文吾は、あわれ、玉梓が怨霊の操る大ウワバミの腹の中。

「額蔵さんよ、助けに来てくれーッ」

と、叫んでみても、その声が聞こえるわけではなし。小文吾は、ただ嘆き悲しみ、

しきりに身もだえるばかりであった。

その日の夕暮れ時――

約束通り小文吾を迎えに来た三宝平は、

「な、ない！　昼間たしかにあった洞穴がない⁉」

と、あたりをキョロキョロ見回せば、なんと林の中に、一山をのみ込む程の巨大なウワバミの姿！

「ヒャーッ‼」

三宝平、腰を抜かし、ほうほうの態でその場を逃げ出した。

ところで一方――

賀雲坊訣海のひきいる僧兵たちの夜襲に加勢した犬川額蔵、友の犬田小文吾が絶体絶命のピンチに落ち入っているというのに、一体全体どこにどうしてござるのやら……

夜襲をかけたものの、敵方粉河寺《こかわでら》の僧兵共《ども》もさるもの、まんまと迎え撃たれて、散々の態たらく。

気がついた時には、根来《ねごろ》の僧兵たちはみんな逃げ失《う》せ、額蔵一人だけが粉河寺の境内に取り残されていた。

――はて、夢中になって走り回っているうちに、私一人だけ敵の本陣のまん中に、飛び込んでしまったわけか……

つめたく光る月の光に照らし出された境内は、裏山の戦の気配はどこへやら、シーンと静まり返っている。

――乱暴を働いて、村人たちを苦しめる粉河の僧兵たちを、こらしめにやって来ながら、訣海殿はどこへ行ったのか？　この上は私一人でも戦って……

額蔵なおも意気込んでいると、その時――

どこで撞《つ》くやら、こんな時刻に寺の鐘が、グォーンと響く。

そして、額蔵の背後から声がした――

「どちらも自分が正しいと思っている。間違っているのは相手だと思っている。戦とはそういうものです……」

そこには、いつやって来たのか、気品のある若い男の姿……あんたはだれ？　と額蔵が聞こうとするのを、手で止めて、

「粉河方も言っています。乱暴を働いて、村人たちを苦しめているのは、根来の僧兵

たちだと……」

「では……では本当は？」

「姿は仏に仕える僧の形をしていても、武器を手に血を流し、田畑を荒らして、どちらの僧兵も罪なき人々を苦しめている」

「うーむ、そうか。私は根来の衆の話を聞き、粉河をこらしめるために戦おうと決心したが……もし、はじめに粉河の衆に話を聞けば、その反対だったかもしれぬ。ああ、私の考えは浅はかだった！」

思わず目を閉じ、腕を組んで考え込む犬川額蔵。――それにしても、この若い男はだれなのか……

額蔵、目を開けば、

「いないッ!?」

若い男の姿は、はやかき消えていた。

あまりの不思議な出来事に、額蔵はまるで魂を失ったかのように、いつのまにか夜の明けた境内を、トボトボと歩いて本堂へ。

折しも開かれた風猛山《ふうみようざん》粉河寺本堂の扉の奥――

差し込む朝の日射しを受けて、さっきの若者は立っていた！

「おおーッ!?」

その気高さに心打たれて額蔵、思わずひざまずき、合掌して、改めて見上げるならば、そこには仏像が一体、千本の手と千の目を持つ千手千眼《せんげん》観世音……しかも、その面影はさっきの若い男に瓜二つ。

その時——額蔵のつきものが落ち心の目が開いた。

——一方の言い分だけを聞いて戦に加わり、刀を振おうとした私の愚かさを、ありがたや、教えてくださったのだ……私に、心の目を開けてくださったのだ。

本堂のきざはしの下、じーっとぬかずく犬川額蔵。

——そうだ、目と言えば……目の不自由な小文吾さんを一人残して来た。さぞ私のことを心配していることだろう。すぐに帰らねば……

すっくと立ち上がった額蔵、千手千眼観世音に手を合わすと、粉河寺の境内から風吹峠をめざして、一目散に走り出した！

二五 瓢簞からコマならぬ、薬出て小文吾助かる

エー、この「新八犬伝」に、ことあるごとに名前が出てまいりますのが役の行者。

実際に、日本全国至るところに、役の行者ゆかりの山やら滝やら洞穴があるのですが、行者が後世に残したものの一つに、ダラニスケという薬もございます。

葛城山《かつらぎさん》や紀州大峰山《おおみねさん》に自生する草根木皮《そうこんもくひ》を混ぜ合わせ、長い日数かけて作るこの薬、見たところはまっ黒でドロドロしていて、まるでコールタールみたい。もともとは胃腸の薬だそうですが、そこは役の行者の作り出した薬ですから、なんにでも効くようで。

その効き目のほどは、あとのおたのしみ……

犬田小文吾は、玉梓が怨霊に操られる犬玉梓之介に誘い出され、あわれウワバミにのみ込まれていた――が、そんなことは知らぬ犬川額蔵、走りに走って、風吹峠に戻って来た。

「小文吾さん、どこにいるんだ、小文吾さーん！」

呼べど叫べど、答えるのは風ばかり。

そこへ、丁度通りかかったのが小杖――

「あの……小文吾さんなら、わたしが……」

と、一夜の宿を貸した因縁を額蔵に語る。

「それで、小文吾さんは今どこに……？」

「はい、三宝平さんという村の顔役に案内してもらって、なんでも……不思議な珠を持っている犬玉梓之介とかいうお方の住む洞穴へ……」

「えっ、不思議な珠を持つ犬玉梓之介!?」

額蔵は思わず聞き返した。

「でも、三宝平さんがあとで迎えに行くと、そのお方の住んでいた洞穴は、跡形もなく消えて、そこには大きなウワバミがいたとか……」

「ウーム！」

犬玉梓之介とか……不思議な珠とか……ウワバミとか……額蔵にとって気になることばかり。

「とにかく、わしをそこに連れて行ってくれまいか？」

額蔵が小杖に頼めば、

「はい、ご案内します。三宝平さんに聞いて、場所はわかっていますから……では、ちょっと仕度を……」

一旦家に帰った小杖は、程なく腰に小さなひょうたんを下げて戻って来た。そして、二人は連れ立って山道を、洞穴のあったところへ——


さて、ここはその洞穴のあったあたり。

「三宝平さんの話では、たしかこのあたりの筈だけれど……」

「小杖さん、気をつけろ！　ウワバミがいるというから……」

あたりを油断なく見回す額蔵——

「どうもおかしい、無気味な気配がする……小文吾さんの身に悪いことでもなければいいが……ともかく油断は禁物だ」

ところが、油断なく身構えた筈の額蔵の、その背後にそそり立つくぬぎの大木の上に、なんと！　当のウワバミが巨大なからだを巻きつけているではないか!!

更にその上を見るならば、ウワバミの化身である犬玉梓之介の姿が！

もう一つ、その上をば見上げれば、そびえ立つ大木のその又上に、ひろがる黒雲の中にたゆとうあやしの影は……

「われこそは、玉梓が怨霊……来たな額蔵！　お前もウワバミにのみ込ませてもよいけれど、小文吾と同じ死に方では曲もなし。フフ……賀雲坊訣海、お前の出番よ！」

はてもさても、あの賀雲坊訣海にまで、玉梓が怨霊の息がかかっていたとは!?


だが——そんなこととはツユ知らぬ身の犬川額蔵、相変らずあたりを見回していると、突然——

「危ないッ！」

と叫んで飛び出して来た男。額蔵の手を思いきり引っ張って、くぬぎの大木から遠ざけた。びっくりした額蔵、その男の顔を見れば、

「おお、訣海殿ッ」

「いやァ、危ないところだった。あれを見ろ、額蔵！」

訣海の指さすほうを見れば、大木の上にまさしく大ウワバミ！

「もう少しで、お前はあのウワバミにのみ込まれるところだったんだぞ、額蔵」

「かたじけない、訣海殿」

「さあ、これからあの化物を退治するから、お前も手伝え！」

「でも、どうやって？」

「おれが法力をもって、あのウワバミを眠らせる。そして、落ちて来たところを、一刀両断ズンバラリンと切りつけるのだ！」

「ようしッ」

そこで、賀雲坊訣海、何やらあやしげな手つきで印を結ぶや、念力一番——

「ウウークーッ!!」

するとどうだ！　ウワバミのまなこから光が消え、全身から力が抜けたと見るまに、地面へドバーッ！　と落ちて来た。

「さあ、どうだ、切れ！」

訣海が叫ぶ。

言われて額蔵、大刀引き抜き、ウワバミの首のあたりを目がけて振りおろそうとすると、

「バカ者、ウワバミの急所はそこじゃない。腹だ、その大きくふくれたところだ！」

ああ、腹のふくれたところには、小文吾がいるーッ！

しかし、さすがは玉梓が怨霊だネ。自分が操るウワバミを、これまた自分の息のかかっている賀雲坊訣海に退治させる――これはちょいと変なんじゃないかと思っていたら、こんな筋書をちゃーんと立てていたとは、作家も真ッ青。アイディア抜群……

さて――ウワバミの腹のふくらんだところには、犬田小文吾がのみこまれている、なんてことは知らぬ仏の額蔵。

言われた通りに、そこをねらって大刀を振りあげ、まさに切りつけんとした、その時――

「あーッ、うッ！」

と叫んで、胸をおさえた。

「どうした額蔵！　早く切れ、切れ！」

「ちょっと待ってくれ、胸が急に痛む……」

額蔵が、痛むあたりをまさぐれば、手にさわるのは守り袋に入った不思議な珠。

「なぜ、痛むのかなァ……」

と、ふところよりその珠を取り出し、あらためて日の光にかざして見れば、いつもの如くさん然と輝く。

——と、その瞬間、

「おおッ、ま、まぶしいッ！　その珠を早くふところにしまえ、額蔵！」

目をそむけて、よろめく訣海。額蔵は、

「おかしいな、怨霊や妖怪ならともかく、心の正き者ならば、まぶしくはない筈だが……小杖さん、この珠を見てご覧、まぶしいか？」

「まあ、きれいな珠！　まぶしくはありません」

「そうか、やっぱり……やい訣海！　伏姫さまの加護と、役の行者の霊験がこりかたまった、この珠をよッく見ろ！」

額蔵、珠を訣海の目の前に突きつければ、さすがの訣海も、息は乱れ、冷や汗がポターリ、ポターリ。

賀雲坊訣海の正体は、完全に見破られた！

「今にして思えば、訣海、お前の言うことなすことは、不審なことばかり。粉河寺の境内に、若者の姿となって現われた、あの千手千眼観世音のお言葉がなければ、お前にだまされ、今ごろこのおれは……」

訣海の襟髪つかんで額蔵が、なおも珠を近づける。

だが、その時——

「額蔵さん！」

小杖の叫ぶ声に、額蔵がふり返って見れば、

「おおーッ!!」

訣海の念力がとだえたために、息吹き返した大ウワバミ、大きな口を開けて額蔵に迫っていた！

とっさに額蔵、手にした珠をウワバミに向け、天にかざして、

「役の行者よ、霊験を現わせ給え！」

と、唱えれば、たちまちウワバミ退散——と思いきや、さに非ず。

「ふふふ……」

薄気味悪い笑い声《ごえ》と共に、そこに現われ出たのは、ウワバミの化身犬玉梓之介。

「役の行者は、この葛城山で修業をしたというが、このウワバミはそれよりはるか昔から葛城山にすみつく、この山の主よ。役の行者ごときの霊験を恐れるものか！　ふふふ……」

「ええいッ、くそッ！　そう言うお前は？」

「伏姫ゆかりの八犬士の一人犬玉梓之介！」

名乗り上げつつ、ふところから取り出す珠は、さん然と輝いて〝悌〟の文字を浮かび上がらせているではないか!?

「おおッ！　その珠は小文吾さんの……」

「ふふはは……小文吾などは、もうこの世にはおらぬわ。会いたけりゃ、お前を会わしてやろう」

と言うや、犬玉梓之介の姿は消えて、残るは巨大なウワバミばかり。それが、顔よりも大きく口をあけ、額蔵をひとのみにせんと襲いかかる。

ああーッ、額蔵も、あわれ小文吾同様に腹の中へ——と思った時、

「ええいッ！」

小杖が、腰にさげていた小さなひょうたんを、大きく開けたウワバミの口めがけて投げつければ、見事に当たったノドチンコ！

さすがのウワバミも息がつまって、目を白黒。そのすきに、額蔵は身をひるがえして、どうにか虎口《ここう》を脱す……いや、相手はウワバミだから、バミ口を脱することができた。

さて、話変わって――

こちらはウワバミの腹の中。のみ込まれてからもう随分と時間も経って、精も根も尽きはてた犬田小文吾。

あとはもうドロドロにとかされて、このウワバミの体内に吸収されてしまうのか⁉

――ああ、珠さえあれば、伏姫さまのご加護もあろうけれど、それを奪われては、もはやなす術《すべ》もなし。折角、八犬士の一人として生まれながら、あたらウワバミの腹の中で命を落とすとは……

小文吾が、観念しかけた時、なにやらウワバミのからだがはげしく動いたかと思うと、コロコロコロとそばに転がって来たものがある。手に取って、形をまさぐってみれば、どうやらひょうたんらしい。

――ひょうたんならば、どうせ中は酒だな。この世の別れの盃《さかずき》を、一人でくみかわすのもいいだろう……

小文吾、栓を取ってラッパ飲みして驚いた。

「うひゃー、にげぇ、にげぇ！」

のどをひっかくような、ものすごいにがさ。

それと同時に、小文吾は、からだの中に不思議な力が湧き上がるのを感じた。

これぞ、役の行者が自ら創り出した薬ダラニスケの効き目。ひょうたんの中は、酒ではなくて薬だったのだ！

――うむ、なぜか元気が出てきたぞ。あきらめるのはまだ早そうだ。どれ、シコでも踏もうかい……

「ヨイショ！　ヨイショ！」

驚いたのはウワバミだ。腹の中がひっくり返るような苦しみ……手がないから腹をおさえることもできず、ただ目を白黒させるだけ。

この様子をみて、額蔵は、

――どうやら、ウワバミのからだに異変が起きたらしいぞ……おや、中で音もする！

耳をすませば、ドスン！　ドスン！　とシコの音。

――うむ、もしや小文吾さんが……？

額蔵、ウワバミに近づくと、苦しみながらも、クワーッと大きく口を開けた。

その瞬間をとらえて、額蔵、大刀を口の中に突っ立てれば、口も閉められず、ウワバミはただウバウバウバウバとうなるだけで、よだれをダラダラ……

まことに、しまらない話！

額蔵は、あんぐりと開きっ放しのウワバミの口に向かって、

「おーいッ！　小文吾さんか！」

と呼べば、案の定中からも、

「おーい、額蔵さんか！」

と答えが返る。

「早く出てこーい、小文吾さん！」

額蔵の声を頼りに、手さぐり足さぐり、やっとウワバミの体内より出た小文吾。

「額蔵さん！」

「小文吾さん！」

互いに手を取り合って、うれし涙にかきくれる。けなげな小杖ももらい泣き。

かくして、小杖の家に伝わる薬ダラニスケのおかげで、危ないところを助かった犬田小文吾と犬川額蔵の二人。

大ウワバミや賀雲坊訣海も、いつのまにやらその場から逃げ失せて、まずはメデタシ、メデタシといきたいところであったが――

「珠を……あっしは珠を取られたままだった!!」

思わず叫ぶ小文吾。
折から、空に浮かび出る黒雲は、雨を呼ぶやら嵐やら……
犬田小文吾のふところに、はたして珠は戻るか⁉

二六　酒におびき出されて、現われたカラス天狗

葛城山にすむ大ウワバミの体内から、やっとの思いでこの世に出られた犬田小文吾
——
なんとか早く、悌の浮き出るあのだいじな珠を、取り戻さねばならぬ。

「小文吾さん、珠は……珠は一体どこにあるのだろう……あのウワバミの腹の中か？　それとも犬玉梓之介が持ったままなのか？」

「うーむ、情ないことだが、それすらもあっしにはわからない……」

小文吾は、腕を撫《ぶ》し、歯がみしてくやしがるばかり。額蔵は、

「梓之介がウワバミの化身ならば……」

「ええ、ウワバミと梓之介が、離れ離れになるわけはありません。いいわ、私がなんとかウワバミをさがしてみましょう。この山の中で育った私、地理にはくわしいから……」

と言うが早いか、マシラの如く山道を走り出す小杖。

そのうしろ姿を見送って額蔵は、

「ああ、縁もゆかりもない私らのために、本当に親切にしてくれるなあ……」

小文吾も思いは同じで、小杖の情けが身にしみて、こぼれる涙を押し拭《ぬぐ》う。


だがしかし――

小杖の奔走の甲斐もなく、額蔵たちの必死の捜索も空しく、二日経ち、三日過ぎても、大ウワバミと犬玉梓之介の行方は、ようとしてわからない。

今は、村の顔役三宝平の家に宿を借りている額蔵と小文吾――

「すまないなあ、額蔵さん、小杖さん、あっしが珠を奪われたばっかりに……」

「小文吾さん、なにを今更他人行儀な！」

と、そこへやって来た三宝平が、

「押してもだめなら引いてみな……と言うじゃないか。さんざさがして見つからぬなら、今度はおびき出したらどうかな？　ほら、スサノオノミコトが、酒で八岐《やまた》の大蛇《おろち》をおびき寄せて退治した、という有名な話があるじゃないか」

さーすが、亀の甲より年の功、三宝平よいところに気がついた。

そのあくる日――

ものはためしと、さっそく近所からありったけの酒を集めて、山まで運び、近くの物陰に身をひそめて、見張りをする額蔵と小文吾。

だが、待てど暮らせど、酒壺にさそわれてウワバミが姿を見せる気配はない。もう夕闇も迫っている。

「なあ、額蔵さん、これだけ待っても姿を現わさぬところをみると……もう、この近所にはいないんじゃなかろうか？」

「うーむ」

二人とも、そろそろあきらめかけていた、その時――

「おおーッ!?」

額蔵は見た！　もうすっかり暗くなっている向こうの空が、突然まっ赤になったのを――。

「どうした、額蔵さん？」

「空が赤い、まっ赤だ！」

「夕焼けじゃないのか？」

「いや、そんな時間は、とっくに過ぎた」

風のまにまに、半鐘の音も聞こえる……

「火事だよ、額蔵さん！」

「とすれば……あの方角は根来寺《ねごろじ》だ！　火の粉を飛ばし、炎を吹き上げて燃え出した」

はるかに燃え上がる炎を見つめていた額蔵、ふと振り返り、酒壷のあたりを見て驚いた。

「おッ、出たッ!!」

「えっ、ウワバミか!?」

「いや、どうやら人の影……それも二つ」

「二人だと……そりゃ何者だ！」

根来寺と思われるあたりに燃え上がる炎は、ますます勢いを増し、そのまっ赤な光に照らし出された、酒壷のそばにたたずむ姿を見て、額蔵は思わず息を飲んだ――

「むむッ、あれは……!?」

酒壷の両側に立って、酒をくみかわす二人は……いや、二ひきか……いやいや、背中に羽があるから二羽と言うべきか、とにかくその姿は、まぎれもなくカラス天狗であった！

話には聞いたことがあるカラス天狗を、実際に目の前に見て額蔵、しばし声もない。

「額蔵さん、何がいるんだ？」

「カラス天狗だよ」

「えっ⁉」

今度は、小文吾が驚く。

「見間違いじゃないのか？　額蔵さん」

「いや、たしかだ。酒をくみかわしている……」

「うーむ、カラス天狗とは、話に聞いたことはあるが……」

何やらジッと考え込む小文吾――

「額蔵さん、あっしをそのカラス天狗のところへ連れて行ってくれまいか」

「ええっ、なにを言うんだ！」

「カラス天狗と言えば、不思議な力で修験者を導くと聞いたことがある。人間の及ばぬ智恵も働くという。あっしは、その力にすがりたい、智恵を借りたいのだ」

必死に頼むその熱意にうたれて額蔵は、小文吾の手を引き、そろりそろりと物陰から出れば……

その姿を見てカラス天狗、別に驚く様子もなく、しきりに酒を飲み続けるのであった。

小文吾は、額蔵の手を振り切るようにして、カラス天狗の前に進み出ると、

「あっしはこの通り目が不自由で、あんた方の姿は見えないが、もしもひとの言葉がわかるなら、あっしの頼みを聞いてもらいたい」

と、語りかけた……

「この山の主というウワバミと、犬玉梓之介と呼ばれる男が、どこにいるか教えてくれ、お願いだ。あんたの力と智恵を貸しておくんなさい。頼んますこの通り！」

おぼれる者はワラをもつかむのたとえもあるが、頭を下げ手を合わせ、土下座せんばかりの犬田小文吾。

と、その時――見よや！

まっ赤な炎の光の中で、カラス天狗は大きくうなずくと、ツカツカッと小文吾に近づき、その両側に立っていきなり腋《わき》の下に手を入れた。額蔵は驚いて、

「な、なにをするッ！」

引き止めるいとまもあらばこそ、小文吾の両脇かかえたカラス天狗は、

「カア！」

と一声啼《な》いて地面を蹴《け》れば、小文吾のからだは天狗と共に空に浮く。

「おお、小文吾さん！　小文吾さーん！」

あわててかけ出す額蔵、足もとの岩につまずき、ドウと倒れてそのまま気を失った
……これもカラス天狗の魔力のなせる業か⁉


ところで――

月もなく星も見えない冬の空を、カラス天狗に抱えられて飛び去った犬田小文吾。

どれだけ飛んだか……着いたところは、どうやら洞穴の中。そして、ポッカリ開いた出口の外は、白《はく》ガイガイの銀世界。

――ここはどこなんだ。洞穴のようだが……

小文吾は、手さぐり足さぐりで、明るい外のほうへ。

――ううーッ、寒い！

余りの風の冷たさに、首をすくめる小文吾。

――足の下はどうやら雪らしいが……そうだ、人を呼んでみよう。

「おーい、おーい、おーい！」

呼べど叫べど、返ってくるのはこだまだけ。——うむ、こだまが返ってくるとすると、ここはやっぱり山の中だな……

そのうち、顔に当たる冷たい風に雪がまじって、はげしい吹雪となった。

あわれ小文吾、杖とも頼む額蔵からも引離され、ひとりぼっちで吹雪の中……

——ああ、あっしはこのままここで、凍え死んでしまうのか。珠も見つからぬまま……

思わず地団駄踏んでくやしがった瞬間、足もとの雪がくずれ、足は滑って、

「ああーッ!!」

小文吾のからだは、真っ逆さまに崖《がけ》の下！


だが——

よかった、助かった！　小文吾が落ちた崖の下は、丁度雪の吹きだまり、怪我もせずに、ただ気を失っているだけ。

しかも、そのそばの山道を折よく通りかかったのが、なんと、数ヵ月前に犬塚信乃と別れて、一人熊野の山中に入った犬山道節であったとは——

とかくこの世は風車

めぐりめぐって糸車
いいことばかりは続かぬが、悪いことばかりも続かない！

道節は、雪の中から小文吾を引っぱり出し、

「おい、しっかりしろ！　えいッ！」

と、活を入れれば、息吹き返して小文吾、

「あんたはだれ……？　あっしは目が不自由で、あんたの顔も……」

「拙者は、修験の者でその名は犬山道節！」

それを聞いて小文吾はびっくり、

「ええッ、あんたが犬山道節か！」

「拙者の名前におぼえがあるや？」

「あるとも、あっしは犬田小文吾！」

「と言うと……おお、文五兵衛さんの……？」

この時、道節と小文吾の初対面であった。

二七　道節の活躍で珠戻る、だが浮き出た娘の顔

舞台は、葛城連山から飛んで——

ここは、北は吉野山《よしのやま》、南は熊野に接する修験場として有名な大峯山《おおみねさん》。雪の降りしきるその山中で、伏姫の導きか、犬田小文吾と犬山道節はめぐり会ったのであった。

カラス天狗にここまで連れて来られたいきさつを、小文吾から聞いた道節は、

「だいたいカラス天狗というものは、罪もない人をたぶらかしたりはせぬものよ。これにはわけがありそうだ……小文吾、お前さんが天狗に連れて来られた洞穴へ行ってみよう」

そして、洞穴の中で道節が見つけたものは、大ウワバミの抜けがら——

「ここが、ウワバミの根城だったのか！　それじゃカラス天狗は、それを知っていてあっしをここまで連れて来たんだな、うーむ」

思わずうなる小文吾。

と、その時――

いつしか吹雪のやんだ大峯山。その紫けむる新雪を踏みわけてやって来るのは、おおッ待ちわびたぞ！

犬玉梓之介と、そのあとに従うように大ウワバミの姿！

「小文吾、やはり現われたぞッ！」

「うむ、なまあたたかい風と、なまぐさいにおいで、あっしにもわかった。えーい、命よりもだいじと思う珠を、だまし取った憎い奴ら……今度こそは！」

「待て、小文吾！　はやまるな、この場はひとまず拙者にまかせろ」

はやる小文吾を押しとどめて道節、

「よし、この作戦でいこう！」

伏姫ゆかりの八犬士の仲間の中でも、口八丁、手八丁、おまけに智恵者の道節が考えた、ウワバミ退治の作戦とは……？

まあなんと、道節は洞穴の中から引きずり出した、大ウワバミの抜けがらにスッポリと入った⁉

――どうも居心地はよくないが、敵をあざむくためだ、仕方ない。外の様子がよく見えぬから、窓をちょいとあけてやろう……

道節は、小刀を引き抜くと、抜けがらの一部をグリグリと切り抜いた。

さて、こちらはほんものの大ウワバミ――

葛城連山から紀《き》の川《かわ》を渡り、吉野川をさかのぼって、目ざす洞穴はすぐそこという時に、その洞穴から姿形といい、色といい、何から何まで自分にそっくりのウワバミが、なにやらギクシャクと、からだをくねらせて出て来たから、さあ驚いた！

犬玉梓之介も驚いた！

「あれれ、そこに出て来たウワバミは、いったいどこのだーれ!?」

道節は、知らんぷりしてなおもほんもののウワバミに近づく。

まさかその中に、人間がかくれていようとは思わぬから、ほんものの巨大な図体《ずうたい》は油断のかたまりだ。もう、目と鼻の先まで近づくや道節――

「時こそござんなれぇ、えい！　やあーッ！」

大刀振り振り、抜けがらの中からおどり出たッ！

「ウワー、曲者ーッ」

ウワバミの化身梓之介、びっくりして鎌首をもたげ、体当たりしてくるのを、蹴っとばして道節、大ウワバミの首根っこにうちまたがった。そのあざやかな早技、身のこなし。

「さあ、覚悟しろ！」

引き抜いた大刀を逆手に握りしめ、大ウワバミの頭のてっぺんを、チョンと突き立てれば、

「ギャアーッ」

その悲鳴のものすごいこと。

「やい大ウワバミよっく聞け！　ここな頭のてっぺんから地面まで、ズンズブリンと突き刺してやろうぞ！」

道節のすさまじい権幕と、ピタリ急所をねらった太刀先の鋭さに、さすがの大ウワバミも身動きできず、ただ冷汗をタラーリタラリと流すだけ。

更に不思議や！　化身の犬玉梓之介のほうも頭を地面に押しつけ尻《しり》もち上げた、なんともみっともない格好で、同じようにタラーリタラリと油汗。

「恐れ入ったか化けものどもめ！　命が惜しけりゃ、犬田小文吾から奪った珠を早く出せ！」

道節、逆手に持った大刀にチョンと力を入れるならば、もはやこれまでと、観念したのか梓之介、苦しみもだえながらふところから取り出す珠一つ。道節は、

「小文吾、小文吾ッ、こっちへ来い！　そのままっすぐだ！」

洞穴のそばにいた小文吾、道節の誘導する声を頼りに、梓之介に近寄って珠を取る。

「小文吾、珠を日の光にかざしてみろ！」

小文吾は言われるままに珠を宙にかざせば、折しも雲間をもれる陽光にさん然と輝いて、浮かび出るのは、〝悌〟の文字。

「うむ、たしかに間違いない。小文吾、それはお前さんの珠だ！」

「ありがたい、道節さん！」

見えぬ目に涙して、珠をしっかり握りしめる犬田小文吾。道節は、

「さあ、珠が見つかれば、もう生かしておくことはない。ズンバラリンと成敗しよう……と思ったが、ここは聖なる修験場。無益な殺生は役の行者もよろこばれまい。えーい、とっとと姿を消しやがれーッ！」

と、大ウワバミの首根っこから飛び降りざま、脇腹を力いっぱい蹴とばせば、たまらず大ウワバミは谷底めがけて直滑降。

ボァーッと立ちのぼる雪けむり……あとには梓之介の姿もなし。

それより数日後――

大峯山から熊野本宮に近い湯の胸におりる道、連れ立って行くのは、道節と小文吾の二人連れ……

「あなたのお陰で珠は取り戻したものの、道節さん、あっしは額蔵さんのことが気がかりだ……」

「うむ、犬川額蔵か。随分前に別れ別れになって、それっきりだが……そうか、風吹峠までは、お前さんと一緒に……」

「越後の小千谷から、はるばる風吹峠まで、あっしの手を引いてくれて……」

「なにはともあれ、小文吾よ、霊験あらたかな湯の胸のいで湯につかって、その目をなおすことだ。お前さんを湯の胸までとどけたら、ひとッ走り風吹峠まで行って、額蔵の行方をさがすことにしよう。さあ、湯の胸はすぐそこだ」

そして、同じころ――

違う道からこの湯の胸へやって来る二人連れは、ご存じ小栗判官と照手姫。

常陸《ひたち》の国で小なりとも一国一城の主であった小栗判官だが、関東管領扇谷定正のために落とし入れられて、城は焼かれ、国を追われ……

相模は藤沢の遊行寺《ゆぎょうじ》の草庵《そうあん》にひそんでいるところを、刺客のために毒を飲まされて、手足は動かず、目も見えず口もきけなくなったという不幸な身の上。

だが、熊野の湯の胸のいで湯につかれば、からだはもと通りになるとの役の行者のお告げを聞いて、妻の照手姫が判官を車にのせ、か弱い女手一つではるばる相模からやって来たのだが——

山道はますますけわしく、判官をのせた車を曳《ひ》く足はすべり、石につまずき、肩で息する照手姫……その姿を見て通りかかった修験者の一人が声をかけた。

「私が代わって進ぜよう。さあ、きづなを渡しなされ……」

「ありがとうございます。でも事情がございまして、お力を借りるわけにはまいりませぬ」

「はて、その事情とは……？」

「どなたの力も借りず、私の力で車を曳いて湯の胸まで行くことが、まことの愛の証し……それにこの難行苦行を重ねて、はじめて人と生まれての罪業が消滅すると聞きました。人の助けを借りては、夫のからだはなおらないと思うのです……」

「ふむ、お若いに似合わず立派な心……」

「では……」

と照手姫、会釈をしてその修験者の顔を見て驚いた。まぎれもなく、それは役の行者の姿ではないか！

「おおッ、ありがたや……私を励ますためにお姿を現わしたのですね、役の行者さま！」

思わずひれ伏す照手姫の目の前から、役の行者は姿を消した。

熊野路や雪のうちにもわきかえる
湯の峯かすむ　冬の山風

こんこんと湧き出るいで湯、その中に含まれる湯の花が長い間にこり固まって、不思議やな薬師如来の姿となり……丁度その胸のあたりからお湯があふれているというので、人呼んで〝湯の胸〟。

その薬師如来を本尊とするお寺の傍《そば》に、石でできた大きな壺のような湯舟があって、その中に湧き出るお湯は、一日に七色変わると言う。

さて、その湯舟につかれるのは、小文吾と道節の二人――

「きのうも今日も、こうして湯につかり、目を洗い、薬師さまに祈ってはみるものの……」

「あせるな小文吾、いかに効能のあるお湯だって、効能を現わすまでには時間がかかる。なあに、春になるころには目もよくなるさ」

しきりに小文吾を励ます道節。

一方、こちらは小栗判官と照手姫——

お湯につかるごとに、毒におかされた判官のからだは、日に日に回復。

「照手よろこべ、手が動く!」

「まあ、あなた……それに口も自由にきけるように!」

「照手……照手、お前の顔が!」

「見えるのですか、私の顔が……?」

「うむ、うむ、それに見てくれ、私は自分の足で歩くこともできる!」

僅《わず》か三日ほど湯の胸のお湯につかっただけで、この通り霊験あらたか。

その不思議さに胸うたれ、判官と照手姫は嬉し涙にかきくれるのであった。

それにひきかえ、犬田小文吾の目のほうは、一向に回復の兆がない。

「小栗判官とか言う人に霊験が現われて、あっしのほうにはさっぱりというのは、どういうわけなのだろう……伏姫さまのご加護はないのか？　役の行者さまのお導きは？」

思わずふところから珠を取り出し、それを捧げて小文吾――

「ム、ムッ……おかしい、変だ！　道節さん、おい道節さん！」

「なんだ、急に大声を出して」

「珠を持った感じが違う！　見てくれ、これはたしかに、悌の字の浮き出るあっしの珠か!?」

言われて道節、その珠を見てアッと声をあげた――

それも道理、今、小文吾が手にする珠にはさん然たる輝きはなく、鈍く濁ってあやしい光。しかも……しかも、その中に浮かび出るのは、悌という文字に非ずして、見よや、一人の女の顔！

「道節、この珠は!?」

「違う、お前さんの珠じゃないッ！」

「ええッ!?」

これはいったい如何なこと!?

珠に浮き出た女の顔は、はたしてだれか!?

二八　はたして何を恨むか、藤の下に立つ謎の娘

犬田小文吾の手にする珠の中に、浮かび出た女の顔は……

玉梓が怨霊でもなければ、悪女舟虫でもない。ましてや伏姫でもなく……

それは若い女の顔で、悲しむが如く、嘆くが如く、鈴を張ったような二つのまなこからは、今にも涙がこぼれそう。

「小文吾、これはあの梓之介にニセの珠をつかまされたのかもしれぬぞ！」

「しかし、手にした感じはたしかに本もの……」

「湯の胸の湯につかりながら、お前さんの目がなおらないのは、この珠のせいかもしれぬ。ようし、拙者にまかせておけ！」

ここは――
深々たる冬の夜空に光り輝く星の下、大峯山《おおみねさん》の頂である。

目の不自由な小文吾の手を引いて、ここまで登って来た道節が、その頂に立って、今しも朗々と唱える経文は、阿弥陀如来根本陀羅尼《あみだにょらいこんぽんだらに》。

「ならば。ならたんなう。たらやや。なうまくありや。みだばや。たたぎやたや。あらかてい。さんみやく。さんぼだや。たにやだ。おん……」

役の行者が開いたと伝えられる山岳道場大峯山頂に、今、烈々の気がみなぎって、風も止まった。

「……道節さん、いったい何をしようというんだ？」

「天狗を呼ぶ……」

「えっ、天狗を!?」

「天狗よ！　かつて葛城山中からこの地まで、犬田小文吾をいざない来りし如く、心あらば天狗よ、われら二人を犬玉梓之介がもとへ運び給え、天狗よ姿を現わし給えーッ！」

その時――道節の祈りに応えるかのように、時ならぬ冬の雷。

その激しさに、思わずよろめいた犬田小文吾は、その時見た！

しっ黒の暗闇の中に浮かぶその姿は……

「おおッ、天狗だ！」

しかもそれは、カラス天狗ではなく、姿形は修験者で、顔面は朱よりも赤く、その中央に屹立《きつりつ》する鼻はあくまでも高く、まぎれもなし大天狗!

「道節さん、道節さん!」

呼べど答えはなく、今、暗闇の中にいるのは、天狗と小文吾のみ。

「小文吾よ、お前の持っている珠は、ニセではない……その珠を見るがいい」

天狗に言われて小文吾、かすかな光にかざして珠を見れば、

「おおッ!」

浮かび出るのは、悌の文字!

「それが本物である限り、犬玉梓之介如きものを、さがし求めることはない」

「では……湯の胸の湯につかっても、あっしの目がなおらぬわけを、教えてもらいてえ!」

「小文吾よ、いかに霊験あらたかな湯でも、浴びただけでは病はいえぬ。善根《ぜんこん》を積まねば報いは得られぬ……」

「では、いったいどうすりゃいいんで……?」

「あれを見よ!」

天狗の指さすほうを見れば、しっ黒の暗闇の彼方《かなた》に、雲の如くに重なりあっている

白いものは……なんと！　今を盛りと咲き匂う真っ白い藤の花。

　そして、その下にたたずむ娘が一人……

「小文吾よ、お前はあの娘を救わねばならぬ。お前が不幸にしたあの娘を……」

「ええッ!?」

「お前の目の患いは、あの娘の恨みと知るがよい……」

「そんな、あっしには何がなんだか、さっぱり……」

　その時――再び耳をつんざく雷鳴。

　その瞬間、天狗と娘の姿はかき消え、あとに残るのは、ぼう然たる犬田小文吾。

「こりゃどうしたこと!?　あっしの目は何も見えない筈なのに……はっきり見えた！

天狗が、そして娘の姿が。夢か、それとも幻だったのか!?」

「小文吾！」

「おお道節さん！」

「心があれば、たとえ目を患っても心眼《しんがん》が働く。拙者の祈りに応えて、天狗がお前さんの心眼に姿を現わしたのだ」

「そうか、それにしても気になるなあ、あの白い藤の花の下にたたずむ娘……」

　その白い藤の花の下にたたずむ娘を、道節は見ていない……

一方、珠に浮き出た女の顔を、小文吾は見ていない……

二人のうちどちらかでも両方の顔を見れば、それが同じ人物だということに気がついた筈なのだが――


さて、道節に導かれて、再び湯の胸温泉に戻ったものの、あの娘が、なぜに白い藤の花の下に立っていたのか、気になって仕方がない小文吾――

ふと、熊野詣での老婆の口から、この近くに藤白《ふじしろ》という所があることを耳にした。

実はこの老婆、役の行者の仮りの姿だったのだが、目の不自由な小文吾はそれを知る由もない。

「道節さん、あっしはどうにも藤白という地名が気になって……」

「わかってる、みなまで言うな。拙者がその藤白まで、お前さんを連れて行ってやる」

「頼む。身におぼえはないけれど、あっしが不幸にしたひとってェのが、そこにいるかもしれぬ」

小文吾は、又々道節に手を引かれて、冬のさなかのけわしい山道を、湯の胸から藤白へ――

ここはその藤白の宿。

小文吾と道節は、ずらり並んだはたご屋の一軒を宿にきめて、ひとまず落ちついたものの、これからどうすりゃいいのか見当もつかない。

「とにかく拙者は、この近くの修験場を訪ねかたがた、町の様子を見てくる」

と、はたご屋を出て行く道節。

あとに残った小文吾が、手洗いに行こうと、廊下を手さぐり足さぐり。

すると、かすかに聞こえる女のむせび泣く声……

――はて、どこだろう？

声を頼りに進んで行けば、

「どうやらこの部屋らしい……もし……もし……どなたかおいでか？」

声をかければ返事もなく、むせび泣きもピタリと止まる。しばらくジッと耳をすましてみたが声はなし。

――開けて入っていいものやら、悪いものやら……もしや空耳だったかも……

再び手さぐり足さぐりで、その場を立ち去る小文吾。

その時——

藤白の宿場からはるかに望む葛城連山の上に、突如湧き上がる黒雲の中に、浮かび出るあやしの姿は、

「われこそは、玉梓が怨霊……小文吾よ、これからお前の落ち入る運命は、すべて自業自得と知れ！」


日が暮れかかっても、犬山道節ははたご屋に帰って来なかった。

小文吾は宿の女中に、先程廊下で聞いた女の泣き声のことを話すと、それは下働きの須沙《すさ》が折檻《せっかん》されて、ふとん部屋で泣いているのだと言う。

「なぜに折檻を？」

「いろいろとわけがありましてね……」

女中はなぜか深く語ろうとしない。

又々気になる話。道節は帰らず、ほかにすることもなし、小文吾はそのふとん部屋へ行って、須沙という女にわけを聞いてみることにした。

廊下を手さぐり足さぐり……

——たしかに、この部屋だと思ったが……

障子を開けて中に入れば、たしかにふとんの山。

「須沙、須沙さん……恐れることはない、あっしは客だ。おお、ここか……なんとかわいそうに、ガンジガラメに縛られて！」

ああ、もしもその時、小文吾がその娘の顔を見ることができたなら、さぞや驚いたに違いない……

何故かと言えば、あの白い藤の花の下にたたずむ娘こそ、この須沙だったのだ！

「さあ、話してごらん。こんなむごい目にあわされるそのわけを……」

小文吾のやさしい口調に安心したのか、須沙が、ポツリポツリと話すには——

みなし児の須沙にとっては親代わりの宿の女将《おかみ》が、無理に強いる縁談。いやだと言えば、うんと言うまでこうやっておくと、グルグル巻きに縛られて、ふとん部屋へ放り込まれた。

「それはひどい！」

小文吾は、腰の小刀引き抜き、手さぐりで須沙の縄を切りほどいてやる。

そこへ——

「随分と出すぎたまねをしてくれますね、お客さん！」

宿の女将が入って来た。小文吾は、

「あんたにあっしは話がある」

「ふん、そっちにあっても、こっちにはないねェ。身うちのことに口を出さないでもらいたいよ！」

と、その時——

須沙という娘は、身をひるがえして、あッという間もあらばこそ、小文吾の小刀を奪い、

「あたしは……あたしは死にます！」

小刀を逆手に持って須沙、自らのどに突き立てようとすれば、

「早まるな！」

「須沙ッ！」

止めようとして、小文吾と女将が同時に須沙に飛びかかる——そして、事件が起きた！

小文吾と須沙の四本の手が、しっかりと握る小刀に、一瞬おくれて宿の女将のからだが、もろにおおいかぶさった！

「ギャーッ！」

鮮血ほとばしり、見るも無残なふとん部屋。バッタリ倒れて宿の女将は、もはや息

絶えた。

ぼう然とその場に立ちすくむ小文吾と須沙……

こちらは犬山道節——

日が暮れてはたご屋に帰って来ると、上を下への大騒ぎ。

「おい、おい、いったい何があったのだ？」

「人殺しだよ、殺されたのはうちの女将さんで、殺したのは……あんたの連れだよ！」

「な、なんと!?」

道節、ビックリ仰天！

「あんたの連れは代官所に引っぱられて行ったよ！」

ああ、又々犬田小文吾の身にふりかかる大ピンチ!!

二九　須沙のうらみ消えて、遂に小文吾の目快癒

目が見えないばっかりに、とんだ事件に巻き込まれた犬田小文吾は、そのまま須沙と共に代官所の牢内《ろうない》へ。

話を聞いて、犬山道節も代官所へかけつけた。

「おい、おい、ここを開けろ！　拙者、犬山道節という者。連れが捕われて牢内にいる筈だ。面会させてくれい！」

「だめだッ！」

面会不可能と知ると、道節は、ちょいと役人相手にひと暴れ。たちまち公務執行妨害で牢内へ——

「道節さん、なんであんたまでが……」

「お前さんを一人にしておくわけにはいかぬ。それより小文吾、いったいどういうことなんだ？」

小文吾は、事件の一部始終を道節に話した。

「思った通りだ。お前さんは人を殺すような人じゃない。明日になれば無罪釈放疑いなしだ！」


一夜は明けて――

小文吾と須沙が裁きの庭に引き出される。裁く人は鈴木《すずき》主水之介《もんどのすけ》。まず小文吾に、

「そのほう、生まれは？」

「下総の国は葛飾、行徳……」

それを聞いて、思わず身を起こす須沙。

「姓名の儀は？」

「元ははたご屋を営む古那屋文五兵衛が息子犬田小文吾！」

あッ！　と驚く須沙……

裁きはあっけなく終った。

「犬田小文吾は無罪放免！　ただし、須沙は引き回しの上……死罪！」

小文吾は驚き――

「そんな！　あっしも須沙さんも同じじゃござんせんか……女将さんを殺す気など、須沙さんにだって全然ありゃしません！」

「いや、須沙にとって死んだ女将は主人筋。されば、理由の如何《いかん》を問わず、死罪ときまっている」

「そ、そんな！」

「もし、須沙が死罪を免れる時は、小文吾、お前が殺人犯！」

いやはや、なんともひどい裁判があったもの。とにもかくにも、昼休みで、小文吾がひとまず牢内に戻れば、道節——

「おい、小文吾、拙者は見たぞ！　須沙の顔を……」

「それがどうした？」

「お前が持っている珠に、浮かび出た時のあの女の顔は、まぎれもなく須沙だった！」

「えぇッ!?　うーむ……」

驚きながらも、なにごとかジッと考え込む小文吾。

再び、ここは裁きの庭——

「宿の女将を殺したのは、このあっしでございます！」

いきなり小文吾が叫んだ。

「しかと左様か！　では、須沙に聞こう、小文吾はあのようにして申しておるが……」

「はい、女将さんを殺したのは……小文吾という人です！　あたしは何もしていません！」

「うむ、判決は改めて申し付くるによって、この二人を牢に戻せ！」

その時、小文吾は須沙に向かって聞いた――

「須沙よ、あんたはいったいだれなんでェ!?」

はらわたからしぼり出すような、小文吾の問いにも答えず、須沙はただキッと一点を見つめるばかりであった。

ああ、めぐりめぐった因果の糸が、ひしひしと小文吾の運命をしめあげる……

やがて、判決が申し渡された――

「犬田小文吾、そのほうの宿の女将殺しの罪許しがたく、死罪を申し付けるべきところ……お上の慈悲を以《も》って、百叩きの上追放！　下働きの女須沙は、無罪放免！」

さて——

微罪で釈放された犬山道節。考え込みながらやって来たところは、藤白の町はずれにある社藤白王子の鳥居の前。

——うーむ、あの須沙という娘の正体を、どうしてもあばいてやらねばならぬ……おっ、噂をすれば、あれはたしかに須沙に違いない。

道節、物陰に姿をかくす。

そんなことは知らずに須沙は、鳥居の前へ来ると、両手を合わしつぶやいたその言葉は……

「兄さん、やっと仇討ちができました！」

そのまま行きかかる須沙の前に、道節姿を現わし、

「拙者は犬山道節、お前が罪に落とし入れた小文吾とは、血を分けた兄弟よりも深い契りの間柄……」

「あたしが罪に落とし入れたなんて！」

「おい須沙、お前の兄さんというのはだれだ？」

道節に詰め寄られ、須沙も覚悟をきめて、

「あたしの兄は……もがりの犬太《いぬた》。この兄さんを殺したのです！　あの人は、犬田小文吾は」

もがりの犬太とは、その昔葛飾の行徳で、村人たちに散々悪さをした、暴れん坊の嫌われ者であった。

それをこらしめるために立ち上がった少年時代の小文吾。なにしろ力持ちだから、投げ飛ばして、脇腹を蹴ったところ、勢い余って犬太は死んでしまったというわけ。

「兄さんが、村人からの嫌われ者だったことは聞いていました……でも、あたしにとってはたった一人の兄さん。それに、兄さんが死んでからというもの、あたしの家には悪いことばかり続き、幼かったあたしも、人買いにだまされて、宿場から宿場へ……それと言うのも、みんな犬田小文吾のせい」

恐るべき須沙の打ち明け話に、さすがの道節も暗然たる面持ち。

「だが……それとこれとは話が違う。今、小文吾は罪もなく……いや、お前を救おうとしたばっかりに、人殺しの罪を着せられて……」

「いいえ、それが因果というものです。百叩きの刑で、のたうち回って死ねばいいのだわ」

ジッと見つめる須沙の視線をたどれば、社の木立ちの奥の暗がりに、浮かび出るのは……

「われこそは玉梓が怨霊……よくやったぞ須沙！　なにもかも、小文吾の自業自得というものよ……フフ……」

さて、場面は変わって――

ここは代官所のお白州。今しも、ピシッ！　ピシッ！　と、犬田小文吾が百叩きの刑を受けているところ。

そこへ――

「そんなに小文吾が憎いならば、自らの手で打て！　思いっきり。それでこそ仇討ちだ」

須沙の手を引っ張るようにして現われた道節。須沙に向かって、

「さあ打て！　どうした顔を上げろ！　お前のために罪なき罪に落とされた小文吾の、苦しむ姿をその目でしっかり見てやれ！」

縛り上げられた小文吾の背中に、容赦なく鞭《むち》が飛ぶ。

「目の不自由なからだでありながら、なんとかお前を助けようとした男、ひとりで罪をかぶった男が、のた打ち回る姿を見ろ！」

道節は、更に小文吾に向かって、声を張り上げ、

「小文吾よ、我慢しろ！　その鞭は、お前からツキモノを落とすんだ。その鞭の音は、このあわれな女からもツキモノを落とす……」

ピシッ！　ピシッ！　鞭の音は前にも増して、はげしさを加えた。

その時――

須沙は、思わず両耳をおさえて、その場にしゃがみ込む。道節は、言葉はげしく、

「立て！　顔を上げろ！　目をあけろ！」

「いや、許して！　もういや！」

と叫びつつかけ出した須沙、小文吾のからだの上にがばとおおいかぶさった。

「この人に……この人に罪はありません！　この人はあたしを助けるために……助けるために……女将さんを殺したなんて、うそです！」

そのまま、ウァーッと泣く須沙。小文吾は、

「須沙……どきなさい！　あっしはこれくらいのことで死にはしない。さあ、お役人さん、きまりだけ百回打ってくれ！」

「止めろ、止めろ！　罪人の縄を解き放て！」

鈴木主水之介が命じた。

その時である――

「おおーッ、見える！　見える！」

小文吾は叫んだ！　思わずかけ寄る道節、

「小文吾、本当かッ！」

「道節さんか、あんたの顔が見えるッ！　おおそうだ……」

小文吾、ふところに手を入れて取り出した珠一ッ。折から照り映える冬の日射にかざせば、さん然と輝くその珠に浮かび出る文字は……

「おお、まぎれもなく悌の字！」

道節は、

「須沙、前にはお前の顔が、この珠の中に浮かび出た。だが今、それは消えた」

「……燃え尽きたのです……長い間あたしのからだの中に燃え続けていた恨みの火が。

小文吾さま！」

折から、代官所の上に湧きのぼる黒雲の中に、浮かび出た玉梓が怨霊……この光景を見て、

「ええ、クソ！　なんということだ！」

と、すさまじき形相で口惜しがる。

さるほどに――

藤白王子の社にぬかずく、犬田小文吾、犬山道節、それに須沙の三人の姿。

「ところで、これからどうする？　小文吾」

「あっしは、なにはともあれ熊野へ戻って、熊野権現や湯の胸薬師へお礼参りをしなければ……それから天狗にも会って、お礼を言わなくては気がすまぬ」

「天狗はヘソ曲りだ。こっちが会いたくとも、会ってくれるかどうか……須沙、あんたはどうする？」

「わかりません。でもあたしは働くのが好きだから、どこかの土地で働きます。そしていつかは、故郷の行徳へ帰ります」

そう言いながら、ジッと空を見上げる須沙の目には、今や恨みの光はなかった。

「転」へ続く

本作品中には今日の人権問題の見地に照らして差別的と思われる語句や表現がありますが、著者が故人であること、人権意識の低い時代の作品であり、作品自体の時代背景等を考え合わせ、原文のままとしました。

【編集部】

本書は、二〇〇七年ブッキング（現・復刊ドットコム）より刊行された『新八犬伝　上の巻』『同　中の巻』を底本としました。

新《しん》八《はっ》犬《けん》伝《でん》

承《しょう》

石《いし》山《やま》 透《とおる》

平成29年 3月25日　初版発行
令和6年 10月15日　6版発行

発行者●山下直久

発行●株式会社KADOKAWA
〒102-8177　東京都千代田区富士見2-13-3
電話　0570-002-301（ナビダイヤル）

角川文庫 20244

印刷所●株式会社KADOKAWA
製本所●株式会社KADOKAWA

表紙画●和田三造

●お問い合わせ
https://www.kadokawa.co.jp/（「お問い合わせ」へお進みください）
※内容によっては、お答えできない場合があります。
※サポートは日本国内のみとさせていただきます。
※Japanese text only

ISBN978-4-04-104739-2　C0193

◆◇◇

角川文庫発刊に際して

角川源義

第二次世界大戦の敗北は、軍事力の敗北であった以上に、私たちの若い文化力の敗退であった。私たちの文化が戦争に対して如何に無力であり、単なるあだ花に過ぎなかったかを、私たちは身を以て体験し痛感した。西洋近代文化の摂取にとって、明治以後八十年の歳月は決して短かすぎたとは言えない。にもかかわらず、近代文化の伝統を確立し、自由な批判と柔軟な良識に富む文化層として自らを形成することに私たちは失敗して来た。そしてこれは、各層への文化の普及滲透を任務とする出版人の責任でもあった。

一九四五年以来、私たちは再び振出しに戻り、第一歩から踏み出すことを余儀なくされた。これは大きな不幸ではあるが、反面、これまでの混沌・未熟・歪曲の中にあった我が国の文化に秩序と確たる基礎を齎らすためには絶好の機会でもある。角川書店は、このような祖国の文化的危機にあたり、微力をも顧みず再建の礎石たるべき抱負と決意とをもって出発したが、ここに創立以来の念願を果すべく角川文庫を発刊する。これまで刊行されたあらゆる全集叢書文庫類の長所と短所とを検討し、古今東西の不朽の典籍を、良心的編集のもとに、廉価に、そして書架にふさわしい美本として、多くのひとびとに提供しようとする。しかし私たちは徒らに百科全書的な知識のジレッタントを作ることを目的とせず、あくまで祖国の文化に秩序と再建への道を示し、この文庫を角川書店の栄ある事業として、今後永久に継続発展せしめ、学芸と教養との殿堂として大成せんことを期したい。多くの読書子の愛情ある忠言と支持とによって、この希望と抱負とを完遂せしめられんことを願う。

一九四九年五月三日